地獄系列
第十二部
12
地獄
滅佛

自序

如果要問我，哪一本書最屌，不用多說，就是《地獄》系列。

為什麼？

因為它已經一百二十幾萬字了。（雖然中間可能有一萬字是錯字。）

因為它已經寫九年了。（拖稿但不斷稿。）

因為它的人物已經多到自己搞不清楚了。（對作者的記憶力而言，真是地獄……）

因為它已經佔去了我人生四分之一的時間了。（對年輕的讀者來說，可能是二分之一？）

人生有哪件事可以做九年都做不完？而且越做越過癮，中間難免有做到快要吐血的時候，但依然願意堅持做下去？

很少，對吧？《地獄》系列就是一件。

而堅持下去的原因，則是因為你們。（笑，不要轉頭，就是你。）

你們每篇寫在網路上，寫在我的部落格，寫在我的ＦＢ上面，甚至透過出版社寄到我家的明信片，我都收到了，而且滿心的感謝。

只是手很拙，所以都不曾回信。（最近是一張被我貼在門上，宜蘭女中路的朋友，不要轉頭，對，就是你。），謝謝啦。

《地獄》已經呈現要收尾的態勢了，所以應該不會有下一個九年了，但其他作品肯定有，又或者說，對我說故事的生涯，一定還有下一個九年、下下一個九年、下下下一個九年、很多很多的九年……我希望我到老了，還可以隨手拿起一個蘋果，咬一口之後，就說出一個故事。

雖然，當時的聽眾，可能就剩下老婆而已。

老婆本業編輯，向來嚴格，她可能到老了，還會皺了皺眉頭，對我說，「這故事不好，退稿。」

但，這是一種幸福，不是嗎？

也希望越來越多朋友加入說故事、想故事、聽故事、看故事的行列，可以寫書，可以寫歌，拍電影，甚至寫在網路，寫在任何一個地方，因為最近經濟蕭條，世界寂寞，壓力龐大，我們都需要故事。

美好的，感動的，讓我們短暫的進入另一個世界，那個世界就叫「故事」。

最後，要報告一下人生進度，目前維持得很好，沒啥大變動，小朋友兩隻，五歲與兩歲，很好笑的兩個小孩，每天吵架，但又超級黏彼此，與我們熟知的姐弟情感，一模一樣……

嗯，最後廢話不多說，讓我們打開《地獄》十二吧，這一集，陣亡的人可是有史以來最多啊！

Div

前情提要

延續了數年的網路遊戲「地獄遊戲」，終於逼近了尾聲，因為破關規則「獨強的團隊」即將被滿足。

這獨強的團隊之名，是為女神。

女神，加入地獄遊戲的時間尚不滿三月，卻以雷霆萬鈞之勢，橫掃最高等級立委怪物，一敗紅心Ａ「濕婆」，再敗地獄政府執掌者「蒼蠅王」，最後，連從女神掌下連續逃生三次的少年Ｈ，最終都沒能逃過第四次……

一張舊木椅，立於寬闊的火車站大廳內，女神就一人閒適的坐著看書，等著古往今來眾神群魔，等著各方豪士強將，等著毀天滅地的妖物戰神，但，就是沒有一個人能將她從椅子上拉下，至今，一個人都沒有！

也就在距離破關時間，剩下最後一小時的此刻，一個老男人來了，他穿著筆挺的西裝，臉上掛著老父的慈祥面容，踏著堅毅的步伐，來到了大廳，他，要當最後一個挑戰者。

他，是天使團團長老爹，除了一顆睿智的心以外，卻不曾修煉過任何武力的男人。

他的挑戰，是否會替女神的破關之路，埋下什麼變數？抑或，只是埋沒在眾多挑戰者中，成為一個毫不起眼的紀錄。

除了女神，將鏡頭轉向另一個角落，暗巷中，全面潰敗的少年H，正抱著冰冷的貓女屍體，仰著頭看著天，眼中流著無聲的淚。

淚越是無聲，就越是痛徹心腑。

這份傷心，化成一個引子，引著少年H的由聖轉魔，他將如何變化？又將替此刻的地獄遊戲，此刻的神魔人三界，帶來何種驚人破壞？

無人可知，也無人敢想。

欲知後續，請看地獄十二，地獄滅佛。

地獄滅佛

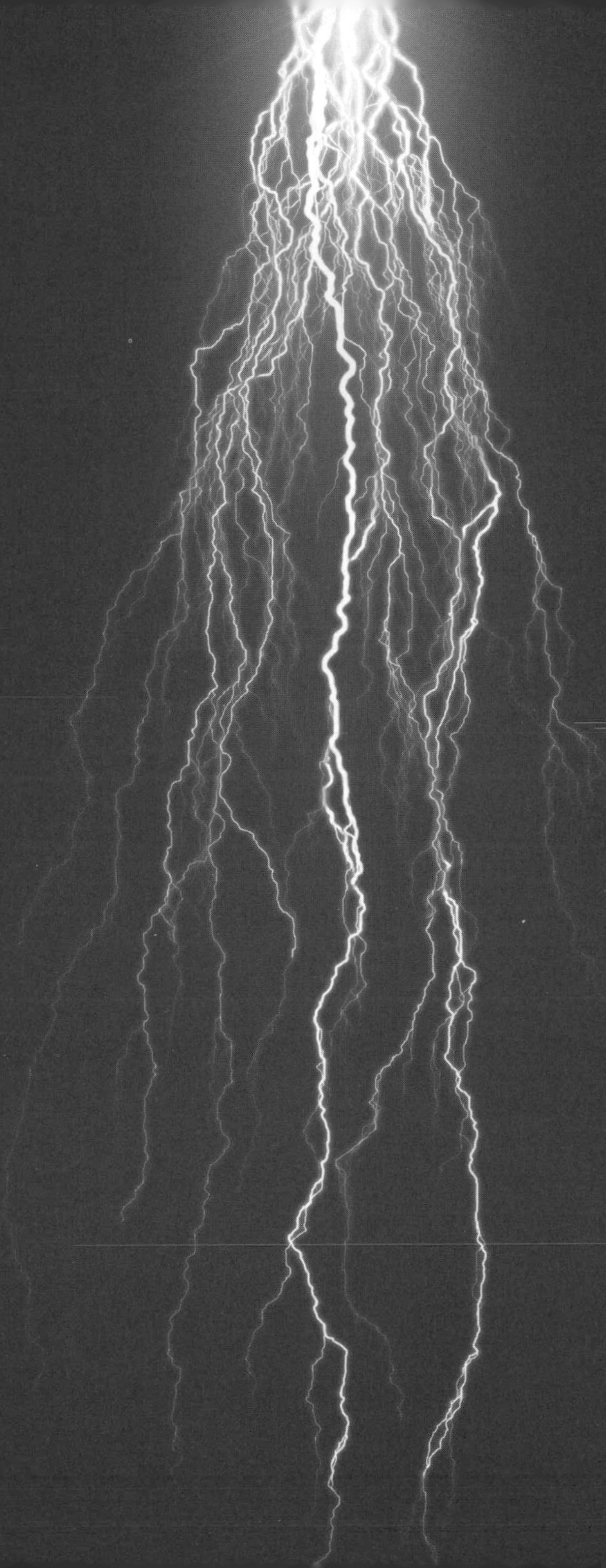

楔子

一個男人，身穿著侍者的衣服，手裡拿著一塊銀色托盤，托盤上兩只裝水的玻璃杯，孤身走在大片荒野之中。

這裡，真的是荒野，無邊無際，往遠方望去，天與地，接成一條綿延不絕的長線，而視線所及，沒有一株草，沒有一棵樹，沒有一片雲，連風，都沒有半絲。

綜觀天上人間地獄，只有一個地方，擁有這樣壯麗決絕的景色。

地獄第十層。

嘆息之壁包圍之處。

那侍者踏著沉重的腳步，在地上留下長長的腳印，不知道他究竟走了多久？甚至不知道他為何端著兩杯水？以及他究竟要送給誰？

只聽到他邊走著，嘴裡邊碎唸著。「通常，我不是最後才會出現嗎？專門負責下集預告嗎？怎麼一開始就出現了？這樣會被誤會的，以為現在就是結尾了！」

他又繼續走著，步行的時間相當長，已經長到了無法分辨是幾月？幾年？甚至是幾十年？終於，這男人停下了腳步，在一堵老舊斑駁，卻高聳入雲的巨牆前，停了下來。

這牆真的很巨大，因為當侍者仰起頭，他甚至看不見牆的頂端，牆的頂與青藍色的天空合而為一，交集在人眼無法觸及的遠方。

侍者稍微整理了一下儀容後，再次仰起頭，對著這巨牆之頂，大喊道：

「好啦，兩位，我想你們打架一定打得有點渴了，送水來了！」

兩位？打架？

當侍者說完了這幾句話，巨牆之頂，忽然傳來一聲野獸低吼。

這吼聲雖然短，但卻充滿奇異威能，吼聲所經之處，磚瓦碎落，狂風大起，當聲音抵達地面，更激起沙漠如同大浪般往四面八方捲動。

「好啦好啦，我馬上就上去啦，幹嘛那麼激動？牛就是牛，站在嘆息之壁上還是牛。」侍者碎碎唸著。

只是，他才唸完，牆頂又是一聲怒吼。

這聲吼聲更短，但威力卻比剛才更強百倍，當聲音宛如一枚砲彈，直接轟向了侍者，侍者周圍的砂石同時炸裂，地面更在這聲音過後，留下一個將近一公里的大洞。

身處大洞中心的侍者，則因為這吼聲頭髮被吹直，臉皮也被往後扯到極限，但他卻是毫髮無傷，只是摀住耳朵，嘴裡毫不放鬆的繼續唸著。「哎喲，幹嘛生氣，我知道你只是頭上長了兩隻角，不是真的牛，碎碎唸一下都不行啊，再吼，就不送水上去囉。」

聽到沒有水喝，上面的吼聲旋即安靜，似乎對侍者的愛碎唸也勉強接受了。

「不亂吼，那我就上去囉。」說完，侍者抬起腳，在牆沿處試踩了幾下，忽然，他腳一蹬。

這一蹬之後，他的身體，竟如同一把黑色利劍，往上高速拔起，直直往上，瞬間就飛了數千公尺。

好快！也好強！這侍者也是神魔等級的人物？

只是，當侍者已經飛了上千公尺，卻仍見不到巨牆之頂。

侍者眼見自己的飛行之勢已然衰弱，他第二腳，又踩上了牆壁，這一踩，又讓他陡然上拔，轉眼又上飛了數千公尺。

就這樣，侍者一手仍托著銀盤，踩到了第二十四腳時，終於，他看見了牆頂。

以及，牆頂上那兩個人影，那兩個雖然不動，卻散發著足以掩蓋天地強者之氣的人影。

右方人影，身形巨大，頭上兩隻鋒利牛角，全身散發濃烈灰氣，灰氣之強，讓天地都因此黯淡無光，不難猜的是，剛剛那兩聲狂吼，顯然是出自這人影之口。

左方人影，身形如一般人大小，無髮如僧，雙手合十，姿態謙卑，散發暖暖金光。

只是，右方灰氣雖然傲霸絕倫，但卻完全壓不住左方的暖暖金光。

「你們兩個也鬥了一千一百二十一年八個月又二十四天十一小時了。」侍者飛勢已盡，一個旋身，雙腳穩穩落在牆頂。「喝口水吧。」

「渴了。」牛獸手一抓，這杯水，對牠的尺寸而言，就只有指甲大小，牠一仰頭，就把水連杯子，一起吞進了肚子內。「太慢了啊你！」

「杯……杯子……哎，算了……」侍者伸出手，嘆氣。「這杯子陪我走過十層地獄，經過風吹日曬雨淋，經過水獄火山依然能保持住水分，也是寶物，你就這樣吞了？」

「怎樣？」牛獸眼睛睜大，看著侍者。「有意見？」

「沒有。」侍者笑著聳肩，這時，那僧者已經緩步過來，他先是對侍者微微合掌鞠躬，然後雙手拿起水杯，慢慢的喝著。

「聖佛，不用客氣啦。」侍者笑。「你真有禮貌，一點都不像那頭牛，不，那個蚩尤。」

「哼。」牛獸哼的一聲，顯然默認了自己就是蚩尤的身分。

這句話，已經道盡了這兩大強者的身分。

聖僧，與蚩尤。

無須解釋，無須多說，也知道這兩強者的等級，綜觀神魔人各界，他們的等級除了第一，還是第一。

「你們這場比試，是為了那場天劫，對吧？」侍者看著聖僧與蚩尤，嘆了口氣。

「你倒是聰明，啊，喝杯水真舒服。」蚩尤一屁股坐下，伸手比著那僧人，「這老頭就是不肯輸我，輸一招就好，從此天劫就找我，這老頭就沒事了啊！」

「……」僧人慢慢的喝著水，沒有回答。

「哎啊，聖佛也是一片好心，」侍者看著牛獸，「天劫乃是入魔之物，你若中了天劫，你的殺氣加上天劫的魔氣，就怕會鑄下天地間無法挽救的錯誤。」

「屁！」牛獸發出嘶吼，往前踩了幾步，牆壁震動，原來這隻牛獸有穿著拖鞋，「我就是要領天劫，怎麼樣？我原本就是壞蛋了，再來天劫，不過更壞了而已啊！」

「……」僧人仍慢慢的喝水，雖然沒有說一句話，但那堅定的態度，卻是不言而喻。

「這老頭就是想當好人，你沒想過，你一旦吃了天劫，入了魔，幹了不能後悔的事，殺了不能殺的人，你萬年的修行怎麼辦？你要不斷的贖罪欸。」蚩尤說得是咬牙切齒。「天劫這東西，會去找最強的人，但好人不能吃，一吃就變壞人啦。」

「……」僧人依然喝著水，沒有回應，就是最直接且堅定的回應。

「好，不肯讓是吧？那我們就再打！」牛獸看見僧人如此態度，發出怒吼，天空都因為這怒吼而變得黯淡。「我也許真的打不贏你，但你將我完全擊敗，也沒那麼容易！」

這怒吼，一身驚天動地灰氣從無形化成有形，然後牛獸抬起了腳，腳上的拖鞋竟然從藍白化成了紫色。

其紫氣之強，天空都為之黯淡，這大片沙漠因為這隻臭臭的拖鞋，所有沙子浮起四下亂飛，彷彿大地的驚恐與顫抖。

「至尊無敵拖！」侍者見狀，發出慘叫，「你發威之前，也要考慮這裡有一個普通人啊！」

「普通人？你去死啦！普通人能夠把水送來這裡嗎？可以跳上嘆息之壁嗎？」牛獸狂吼中，腳抬高，至尊無敵拖由上而下，朝著僧人頭頂直轟而下。

鞋未到，霸氣已經化成一股浩瀚靈力，將侍者從高牆震了下去。

「唉，他真是對你一片好心啊。」侍者墜下，他背部朝下，眼睛仍看著牆上兩大強者的對決。

牆頂上，僧人把杯子的水喝完，然後抬起頭，迎向威猛絕倫的紫色拖鞋。

「你們兩位，表面上一正一邪，各據一方，但都是為對方著想的人物啊。」侍者嘆氣。

「蚩尤，你知道嗎？聖佛其實是為了你好啊。」

因為天劫，會去找最強之人。

而聖佛決心以自己身體，承受這極致悲傷之惡啊，你懂嗎？蚩尤。

你懂嗎？

這件事發生的時間，距離現在，約莫三千年。

而三千年後，當這個神祕的「地獄遊戲」威臨神魔人三界之時，天劫，終於也來了。

而它找上的，正是蚩尤花了三千年，卻始終打不贏的天地之極，聖佛。

第一章　由南到北

暗巷中。

冰冷的雨，化成一絲一絲的銀線，滑過這片悲痛的夜，然後銀絲迸開，迸在一個悲痛男人的身軀上。

曾經，這男人的臉上總是掛著輕鬆的微笑，更憑藉著一手出神入化的太極武術，與諸神群妖纏鬥，就算敗，也能夠敗得令對方敬佩，敗得令人會心一笑。

如今，這男人臉上卻已經完全沒有了笑容，那宛如招牌的輕鬆笑容，已經完全消失了。

因為，他懷中的貓女，死了。

貓女，乃九命之軀，具備著原地重生九次的神奇能力，加上其高明的體術和神妙的巫術，讓她成為地獄首屈一指的暗殺高手。

不過，她的暗殺的旅程，卻因為遇到了這個男人而有了巨大改變，從暗夜令人懼怕的殺手，轉變成了以保護弱者為使命的獵鬼小組。

只是，就算貓女擁有九命的強韌生命，最後還是逃不過天地之間最尊貴的神祇，「埃及女神伊希斯」的絕招。

那絕招，只是一個擁抱而已。

地獄滅佛

一個溫柔到令人心碎的擁抱，「女神的擁抱」。

九命，瞬間滅盡，讓貓女生命的氣息瞬間歸零，而貓女原本不該死的，她是為了保護一個男人。

也因為如此，當貓女一死，這個男人，也因此瘋了。

豈止瘋，更入了魔。

男人，孤身在這暗巷中，用力擁抱著貓女的屍體，擁抱著無盡的悲傷，沒有說話，只是流淚，無聲的淚。

在這些悲痛到無聲的眼淚中，貓女的屍體緩緩的消失了，這樣的現象，看在這男人眼裡，又是一陣椎心刺骨的痛。

因為，在這地獄遊戲中，任何死亡都可能假造，但死亡後屍體消失，化成一件件道具，卻絕對無法擬造，這就是地獄遊戲的規則，殘忍且無可逆轉的規則。

在這規則下，悲痛的男人心中最後一絲希望之火，滅了。

他知道，貓女死了。

真的死了。

真的，為自己而死了。

「……」那男人仰著頭，看著一件件道具飛上了天空，然後又隨著冰冷的雨絲，往四面八方墜下。「真的死了啊。真的，真的死了啊。」

真的死了啊。

其中一個道具，順著雨絲飄揚，彷彿有著自己的意識，最後，飄到了男人的掌心。

男人看著自己的掌心，原來是一張車票。

車票上，貓女娟秀的字跡這樣寫著……

「是的，我喜歡你的偷襲，H，在地獄列車上。」

H，他是少年H。

在地獄列車上，是少年H與貓女的第一次相遇，雙方以生命為賭注，生死相搏，最後少年H憑藉著機智與詭計，逆轉貓女時，少年H曾笑著說：「喜歡我的偷襲嗎？」

而過了好多年後的現在，貓女的回答，早已寫在這張泛黃的車票上。

只是，她死了。

曾經，少年H也曾被認定死亡，但他未化成道具，這是少年H一息尚存的表徵。

但，如今，貓女卻已經化成道具了。

死了。

貓女死了。

真的，死了啊。

此刻，少年Ｈ仰著頭，緩緩站起。

他雙手仍維持著擁抱的姿勢，但手心卻已經空了。

他仍在慢慢站起，身體越是升高，原本的短髮開始延長，變成了如火焰般往上燃燒的黑色長髮。

更奇異的是，他腳底的影子，卻開始往外擴張。

又深又黑，又濃又烈，宛如地獄火焰般的黑影，正快速的往外擴大著。

當，少年Ｈ完全站起，雙手跟著緩緩放下。

他的影子，已經停止擴張，轉而凝聚，凝聚成一尊巨大的黑色倒影，投射在暗巷的牆壁上。

這倒影，雙腿盤坐，雙手合十，儀態端雅，竟是一尊黑色佛像。

巨大尊貴，但殺氣密佈的，黑色佛像。

魔臨天下的佛像。

台北火車站內，那張百摧不折的木椅上，那個即將稱霸遊戲的女神，她美麗的眼睛，陡然睜大。

「怪物。」女神語氣中，是至今從未出現的，對強大對手的，驚懼。「真是怪物。」

但，隨即，女神又笑了。

「不過，也好。」女神輕輕的笑著。「你的誕生，剛好將地獄中所有隱藏的高手全部逼出來，他們會為了地獄遊戲所有的玩家與你戰鬥，呵呵，對我破關來說，是百利而無一害啊！」

同時間，台北火車站內，兩個正盤腿而坐，吃著永遠吃不完滷味的男人。

乒的一聲，兩人竟然同時起身。

「來了。」第一個男人，鼻樑高聳，雙眼深邃，純粹且珍貴的埃及血統，神情詫異。

「沒想到，真的來了。」另一個男人，穿著寬大T恤，腳踩藍白拖鞋，他手上的筷子，啪一聲折斷。

「好強。」第一個男人聲音竟在微微顫抖。「我賽特盤據黑榜四強上千年，從未，感受過如此厲害的傢伙……蚩尤，你真的和這傢伙打了好幾千年嗎？」

「嗯。」另一個男人，正是蚩尤，他化身為土地公，右拳握得好緊。

「那，我真的服了你。」賽特閉上眼，一滴冰冷的汗，從太陽穴湧出，沿著臉頰滑落。

「我剛剛算了一下，若是我，頂多撐一年，不，可能是半年，就會被這老頭摧毀了。」

那一滴冷汗，代表著這位埃及神魔發自內心的驚恐。

「現在的他，殺氣如此重，不會和我打上千年的，大概幾分鐘就會同歸於盡。」土地公看到自己的右拳，無法控制的握得好緊，泛白的指尖縫隙，湧現駭人的灰色靈波，這不是土地公自發性的靈氣。

而是被遠方那個人，硬是逼出來的靈波。

對這兩個站在地獄人間頂端的強者來說，入魔的佛氣，就像是一張戰帖，透過無形的空氣，正不斷逼壓著土地公，蚩尤這個曠古戰神，竟然也控制不住自己的靈氣，而呈現微微失控的狀態。

「喔？」賽特睜著眼睛，看著土地公，他也在備戰，他知道若土地公失控，第一個遭殃的會是自己。

「該死！」土地公用力跺腳，「我們快點行動，在這臭老頭，不，發瘋的老頭，在他毀掉整個地獄遊戲之前啊！」

「等等，你剛剛不是說，這是你和他的賭注，不能介入？」

「對，他媽的，對啊！我出手了！天劫就解不掉了！」土地公雙手握拳，壓抑著狂暴而出的灰色可視靈波，「該死！他媽的該死啊！」

「蚩尤……」

「我不能親自出手，沒關係。」土地公用力吸了一口氣，咬著牙，從口袋拿出了一支手機，手指移動，撥出了一個他最熟悉的電話。「小狐狸，如果我沒猜錯，這件事與妳有關，所以妳必須出來，而且要快！」

小狐狸，這件事與妳有關，妳一定要快！要快啊！

第一個全滅的城市，是高雄。

高雄，曾經是曹操霸主的發源地，而後來曹操揮軍北上，在新竹被獵鬼小組與貓女聯手擊潰之後，如今掌握高雄的團隊，都以地方性團隊為主。

雖是地方性團隊，但實力可是完全不可小覷，扣掉最近成立的「女神團高雄分部」，最厲害的團隊是「花媽神團」、「義大戰團」、「壽山搶錢搶糧搶娘們的猴子團」等，每團等級超過五十的玩家，都有百人以上。

他們盤據高雄，手上的道具多半與熱辣的陽光和海洋資源相關，像是「一年穿到底的短袖」、「救援王之高雄黃色小鴨」、「極速高捷車票」等……他們更藉此不斷提升戰力，形成南方之霸。

只是，這些強大的團隊與高手，卻都在十分鐘內，全部消失了。

整個城市。

全部團隊。

所有玩家。

全部，化成了道具。

從頭到尾，只有十分鐘。

整個城市在十分鐘內完全淨空，只剩散落各處的道具，大街上，屋子內，大廈內不斷開闔的電梯裡，還有掛在花媽神團總部的門口，那個不斷搖晃的彌勒佛像……

道具，全部只剩下道具，一個人都沒有。

造成這一切的兇手，只有一人。

或稱，一佛。

此刻，他拿著高雄捷運卡，刷卡，通過只有他一個人的捷運站，搭上了只剩他一個人的高鐵，繼續往他下一個城市邁進。

從高鐵票上的角落可見到，下一個城市的名字，叫做台南。

「全滅。」

此刻，整個台灣島，所有的玩家，在這一剎那，都忘記了一個小時後，女神就要打開夢幻之門的事情。

他們表情完全一致，嘴巴微張，呆呆注視著路邊的電視牆，呆呆注視著自己的手機畫面，又或，呆呆看著電腦螢幕。

螢幕上，都是「黎明的石碑」上所有的瘋狂討論。

高雄，南方之霸，至少五十萬個玩家，五十萬個光點，在十分鐘內就完全消失，這到底是怎麼回事？是誰？是誰有如此恐怖的能耐？

「很恐怖欸，我有次去高雄，剛好看到花媽神團發威，他們有一個陣法，共兩百個人，合體的時候就會出現一尊花媽神像，被花媽神像一壓，就算你是變形金剛也會扁掉！」那玩家臉色蒼白，「花媽神團，竟然就這樣完全消失了？」

「沒錯，我也見過花媽的威力，她的拈花一笑，可以將方圓百里內所有的建築物全部敉平，只有傳說過去的四大天王的清香水蓮女王可以比擬。」第二個玩家說。

「清香水蓮？我的媽啊，你哪個年代的啊！」第一個玩家拍了第二個玩家的頭。「我只聽我阿公提過這個名字。」

「屁啦，什麼阿公！」第二個玩家搔了搔後腦勺，「不說花媽團，義大大戰團也很厲害，團長曼尼的三十六條辮子更是一絕，他雖然動作緩慢，但威力絕倫……也被幹掉了？十分鐘？」

「傳說中的慢速滑壘，也沒有用？」第一個玩家咬著牙。「那慢速滑壘速度雖慢，事實上能量很強，會把建築物直接撞毀……」

「除了花媽團，義大戰團，還有壽山搶錢搶糧搶娘們的猴子團……」第二個玩家說。「這些猴子真的很囂張，又很卑鄙！」

「所以，連囂張與卑鄙，也對這人沒用？也全滅了？」第一個玩家不斷吞口水。「連卑鄙也沒效……太可怕了吧這個人！」

「那個人，如果去找女神……」這時，又一個玩家開口，他全身戰慄，「誰會贏？」

「怎麼遊戲快要破關了，怪物才一隻隻現身啊！」在旁邊的玩家也說話了，說話時不忘左顧右盼，就深怕那高雄城市的怪物，就在他的身旁。

「不過，他為什麼會先選高雄？」另一個玩家提出了疑問。

「不知道，也許他喜歡？」另一個玩家這樣回答。

沒有人知道，沒有人知道這兇手為何出現在高雄，又如何讓五十萬人口瞬間消失，又怎麼讓花媽神團、義大戰團與壽山搶錢搶糧搶娘們猴子軍團，全軍覆沒。

但他們知道一件事，下一個遭殃的城市，已經呼之欲出。

而這份恐懼，更讓那座城市，掀起了有史以來最大的逃亡潮。

那座城市，名為台南，美食之都。

不過這裡不愧是美食之都，因為所有人逃亡之時，都跑去最近或最喜歡的食物店，買了外帶，準備逃亡時候可以吃。

「家鄉味。」這些玩家拎著肉圓、豆花、紅茶、蛋糕，跳上了各式各樣的交通工具。「回不了家，就讓食物帶我們回家吧。」

而就在玩家逃亡之時，叮咚一聲，高鐵到了。

閘門緩緩開啟，接著，那個人從空蕩蕩的車廂下來，他的黑色長髮，宛如火焰般，往上燃燒著。

「……」然後，那男人仰頭，注視著城市外的月光，此刻已經逼近午夜，他眼神映著月光，好悲傷，那是好悲傷的眼神。

然後，他雙手合十，腳輕抬，就這樣朝著車站外，跨了出去。

第二場殺戮，就要開始。

就在整個地獄遊戲震動之際，一個眼睛細長，豔麗絕俗的美女，隻身來到了新竹的這所大學。

她一進入大學，立刻施展了其獨特的靈力，宛如精靈般在校園間穿梭，最後，她來到一棟灰白色建築外，微微一頓之後，手推開大門，潛了進去。

她嬌柔的身影，在走廊內滑行，穿過一間間塞滿了電子儀器和電腦的房間，而當她終於停步，滑入一間實驗室之時，一個男孩，已經在這等她了。

「好久不見啦，曾經，我最崇拜的女孩。」那男孩坐在辦公椅上，他的椅子轉了半圈，面對著這女人，男孩的笑容靦腆。「九尾狐。」

「是啊，好久不見啊，嘻嘻。」九尾狐笑，面對這男孩時，九尾狐的笑容和過去那帶著妖魅的笑相比，似乎略顯不同。

此刻，九尾狐的笑，少了妖氣森森的魅惑力，卻多了份親切與放鬆，這是對老朋友，獨一無二的笑容。

這男孩究竟是誰？竟能讓九尾狐這樣露出輕鬆神情。

「妳啊，都沒變，還是一樣辣哩。」男孩臉上也是相同的笑，對老朋友的輕鬆笑容。

「你啊，嘴這麼甜？」九尾狐抬頭看著這實驗的周圍。「好久不見啦，我的新竹老友……白老鼠？」

白老鼠！

這男孩是白老鼠！

當年少年H等人剛進入地獄遊戲時，整個新竹的團隊之王，就是白老鼠，這個在現實世界中仍是研究生的男孩，創立了白老鼠團隊，其等級之高，甚至連南方的織田信長與曹操，都未必是他的對手。

而且更讓人津津樂道的是，白老鼠並非黑榜怪物，他是一個現實玩家，他只憑藉著其驚人的電腦功力，就這樣統治了新竹，甚至有人說，白老鼠的電腦功力，也許已經逼近了天使團的比爾。

只是後來在九尾狐蠱惑之下，白老鼠曾與少年H交手，還設過幾個大局，差點連少年H都因此失手。

但後來地獄遊戲各方大神現身，濕婆，女神，蒼蠅王，白老鼠似乎淡出了這遊戲，如今，他為何又回來了？是因為九尾狐嗎？

「是啊，幾年沒見了呢。」白老鼠微笑，「最近好嗎？」

「託你的福，去了趟花蓮，把一個老朋友的羽毛，送給那個名為黑傑克的老友。」九尾狐溫柔的說，「這個黑傑克很厲害，只是不喜歡出風頭，但我想，如果這個地獄遊戲有難，他一定不會袖手旁觀的。」

「嗯，一定是的。」

「最近到底在忙什麼？你的白老鼠軍團，好久沒消息了呢。」九尾狐臉上依然掛著對老友的笑。

「最近，」白老鼠說到這，竟然臉紅了。「談戀愛了囉。」

「咦？戀愛了？」

「是現實世界的戀愛啦。」白老鼠從桌上拿了一個相框，在這片凌亂至極的桌上，唯獨這相框的周圍二十公分，是整潔明亮的。「這我女友。」

九尾狐瞄了一眼，忍不住笑了。「好可愛的小女生喔。」

「和妳比，的確小了些，她才二十幾歲啊。」白老鼠笑，「妳已經五千多歲了……」

「什麼五千？沒禮貌，三千啦！」九尾狐敲了白老鼠額頭一下，親暱且溫和。「別幫我亂加歲數，我是女生欸。」

「對不，對不起。」白老鼠揉了揉額頭，呵呵的笑著。

「談戀愛，這麼忙，幹嘛還回遊戲？」

「還用問，」白老鼠眼神看著九尾狐，眼神中是絕對的信任。「因為妳找我啊。」

看著白老鼠的眼鏡下那對明亮堅定的雙眼，九尾狐看了數秒，忽然，嘴角揚起，又是一個溫柔至極的老友微笑。

「謝謝。」

「嗯，好，我們言歸正傳，」白老鼠動了動滑鼠，他面前電腦的螢幕，頓時醒了過來。

「雖然，我幫妳找到了黑傑克，但應該只是小事，妳十萬火急的來到我實驗室，應該有更重要的事吧。」

「沒錯。」

「什麼事？」

「我要你掃描我。」

「欸？」

「我想知道，」九尾狐吸了一口氣，「第三個子程式，是不是……，就在我身上！」

台南。

距離高鐵停車，過了一分鐘。

那男人正慢慢的走在大街上，他雙手合十，姿態虔誠，宛如一名為了替蒼生求福，而赤足走遍大山大海的步行僧。

但事實上，這只是近景，如果將鏡頭慢慢的，慢慢的拉遠，你會赫然發現……

這看似虔誠的步行僧周圍二十公尺處，是瘋狂湧來的玩家，這些玩家嘶吼，吶喊，手持著各種武器，而步行僧走過之處，更是恐怖，因為滿地是屍體。

這些屍體，有的斷手，有的斷腳，多數的屍體，則是分崩離析，骨肉碎成難以分辨的小肉團。

幸好，這遊戲是慈悲的，這些不全的屍體，都會在一陣陣藍光、綠光、黃光和紅光之後，化成四下飛散的道具。

但，光從這樣巨大的屍體數目，就足以證明這如步行僧的男人，是如此恐怖，如此駭人，如此驚世駭俗。

更何況，這些發出垂死嘶吼的玩家們，其實並不是自願來攻擊這男人的，他們得知了高雄城的滅亡，第一時間只想逃亡，只想躲藏到屋子的深處，但，古怪的是，當這男人踩在這條街道上，每踩一步，空氣都凝聚了巨大的吸力。

把每個玩家，每個生靈，每個在地獄遊戲之中，會呼吸有生命的物體，都吸了出來。

這些玩家，揮舞著雙手，發出著慘烈的哭嚎，從他們原本的躲藏處，被扯了出來。

他們頭髮被拉直，衣服被往後猛扯，有的玩家撞破了牆壁，有的玩家雙手在地上抓出長長的痕跡，但無論這些玩家怎麼掙扎，都無法抵抗這絕對的吸力，於是，數千人飛上了天空，紛紛從四面八方湧向了正在大街漫步的步行僧身旁。

然後，碎裂。

每個玩家炸成了血肉花朵，在步行僧周圍不斷綻放，一朵一朵，綿延不絕，悲愴而慘烈的綻放著。

而步行僧，卻只是走著，似緩實快的，步行著。

這些炸裂的血花中，有的是正值壯年高等級玩家，有的是心懷不軌的女神玩家，但仍有許多是安居樂業，不與人爭的平凡玩家，還有一些非現實玩家，他們雖然是妖怪，但有些壞，有些卻是好的，但在這步行僧前，卻都是……一視同仁。

全殺。

無一倖免，全殺。

而在這片驚心動魄的殺戮之中，有某位等級超過九十九的玩家，他同時也是台南城現今最大團隊「瘋狂小吃團」的副團長，他做了一件不同的事情。

當他無法抵抗的被吸上了天空，但他卻沒有選擇垂死攻擊，因為他知道攻擊無用，他只是將全部的靈力集中到了他手上，這時，他手心一台超級單眼相機，在靈光中誕生。

這台相機是這副團長的神器，曾拍過台南大街小巷中無數美食，這副團長會將這些美食照片放到網路上，每篇美食，都引來超過一萬人次的點閱。

「拍照，是我的強項，我有自信，再醜陋的食物，經過我的相機，都會騙出人類的飢餓的慾望！」副團長嘶吼著，將相機舉高，對準著眼前這個步行僧，「如今，我要用我的相機，告訴世界上每個玩家，你真正的模樣，一定會有人能擊敗你的！」

說完，副團長集中所有靈力，維持住相機的平穩，然後按下快門。

喀嚓一聲，影像存檔。

而同時間，副團長的下半身已經開始炸裂，化成片片血肉不斷落下。但是副團長仍不放棄，他咬著牙，靠著強大的意志力仍繼續驅使他的上半身，他又按了一個鍵，將照片傳送了出去。

相片傳送，30％。

副團長將靈力全部灌注給了相機，而他的身體崩解的速度，則開始加快，先是腰部以下，已經化成血肉碎片，落下。

相片傳送，50％。

胸部以下，化成點點血肉。

相片傳送，80％。

副團長下巴以下，包含雙手，都開始分解成血肉。

相片傳送，95％。

副團長的臉部也跟著崩解。

「快啊！」

最後，終於，相片傳送，100％。

也在此刻，相機分解，每個零件都開始碎開，破裂，而副團長呢？他只剩下一雙眼睛，目睹著，相片的完全上傳。

他的雙眼透露出欣喜的神情後，就與相機一起，被步行僧強大無敵的靈力，給徹徹底底的分解了。

而後，這位意志強韌的副團長化成了許多道具，像是台南美食攻略本，花園夜市折價券本等等……這些本是超級搶手的商品，但，此刻卻無人能搶。

因為，所有人都死了。

那不斷隨風翻動的折價券，就這樣，被步行僧一腳踩過。

但，這位目前為止等級最高的死者，卻完成了一個前人未完成的艱鉅任務，他將步行僧的影像，拍了下來，並傳了出去。

網路，這個由千絲萬縷連結而成的通訊系統，更在一瞬間，將這張圖，分解成幾組數碼，傳了出去，直到第一個新竹玩家，收下了這張圖，並將類比轉回數位訊號，將這張圖回復了原本的面貌。

接著，那玩家臉色一變，猛力倒吸了一口氣，並急忙選擇了手機內的群組，並用力按下傳送。

三十秒後，這照片已經登上了黎明的石碑討論串，再三十秒後，這張圖的討論串，已然衝上了人氣第一。

但，向來愛湊熱鬧，沸沸揚揚的這些鄉民玩家，看到這照片時，卻令人意外的鴉雀無聲。

因為他們看到了一個熟悉的人。

這個人，原本是所有人心目中的好人，就是這個人，率領獵鬼小組守護住地獄遊戲，是這個人，多次在生死中周旋卻不失自己的高雅與正義，是這個人，多次逃出女神魔掌成為許多男女玩家心目中的偶像。

但，卻也是這個人，在十分鐘內毀了整個高雄，然後在台南展開了極度瘋狂的殺戮，這個人，竟然是……

是，少年H。

是的，失去了貓女，徹底入魔的少年H。

新竹，大學實驗室。

「九尾狐，妳要我掃描妳？」白老鼠詫異的看著九尾狐，「還有，妳說子程式是怎麼回事？」

「剛剛我那個笨蛋蚩尤打電話給我。」九尾狐那細長而美麗的眼睛，注視著白老鼠。「他說，H曾和他說過，獵鬼小組和天使團結盟時，曾發現兩個人身上的程式有異常，就是主程式之外，又多了一個完全不相干的小小子程式。」

「喔？」白老鼠沉吟。

「而且，那兩個子程式存在著奇妙的關連，彷彿分別是某個重要程式的三分之一，但兩個組合起來，又不太完整，少了最後的三分之一。」

「嗯。」

「那兩個子程式，一個是蜘蛛精娜娜，一個是吸血鬼女，我與他們兩人毫無關連，但……」九尾狐的纖細右手緩緩握緊，「我有一種感覺，第三個子程式，在我身上。」

「為什麼？」

「預感。」九尾狐一笑，這一笑，眼中竟然有著溫柔的淚水。「因為，當我還是小狐狸時，我曾與那個人有緣分。」

「那個人……」白老鼠看著九尾狐，沉吟了數秒後露出豁然開朗的表情。「妳說，聖佛？」

「嗯。」

「我懂了。」白老鼠把椅子轉了半圈，再次面對螢幕，「妳說之前掃描者是天使團嗎？我認識裡面的老爹和小五，事實上，我和他們在現實世界就認識了，我請他把另外兩個子程式寄給我，然後，我們就來……」

「掃描我？」九尾狐笑了，「據說這是一門高超的電腦技術，必須使用超級電腦，你沒問題吧？」

「我？」白老鼠倒映著螢幕光芒的臉上，浮現了一個兼具著邪氣與帥氣的微笑。「別忘了，我，可是原本新竹的王者，當年就算是曹操、織田信長，甚至是阿努比斯的遊俠團，也沒辦法把我從黎明石碑的排名給拉下來呢！」

「哈。」

「準備好了。」白老鼠轉過頭，看著九尾狐，白老鼠的手指在鍵盤翻飛如電，「我會駭入天使團的超級電腦，然後，對妳掃描喔，不會痛……」

「嘿，痛的話，我就揍你喔。」九尾狐閉上眼，此刻她的腦海中，彷佛又回到了三千年以前，自己尚未修煉成精時，所遇到那雙又粗又老的赤足。

她不知道自己為何有預感，子程式會在自己身上？以及子程式和聖佛有關？這一切都是預感。

但她只想替那雙赤足，做點事情。

因為，她至今未用的第九條尾巴，就是為此而生的。

此刻，九尾狐聽到了白老鼠的聲音轉沉，堅定且充滿了男性魅力。

「開始吧。」

「嗯。」九尾狐仍閉著眼。

「就讓我們看一看，最後的拼圖，是不是就在妳身上吧！」白老鼠手指用力朝著Enter鍵，用力按下。

現在，距離午夜十二點，女神團獨霸遊戲，開啟夢幻之門還有三十二分鐘。

女神面前，站著那個身穿老西裝，天使團團長，人稱老爹的錢爸。

老爹，他是挑戰者，是最後半個小時內，最後一個挑戰者。

「來吧。」女神淡淡的笑，緩緩的從椅子上起身，除了蒼蠅王以外，沒人能讓女神離開椅子，如今她卻主動站了起來。「我們時間還很多。」

「嗯。」老爹目光慈祥的看著女神。

「我附身的軀體正不斷提醒我，你就是這軀體的父親，所以，」女神嘆氣，「如果你不想打，現在轉身就走，我不會阻止你。」

「呵呵，走不走讓我自己決定，好嗎？但我想問妳一件事。」老爹說，「若半小時後妳開啟了夢幻之門，得了願望，我女兒會如何？」

「你想聽實話？」

「嗯。」
「我的靈力會完全恢復成十成狀況，到時候和我共用一個身軀的她，可能會……」
「被妳完全吸收消滅？」
「差不多是這個意思。」
「女神啊女神，妳用我女兒的嘴巴，說出這麼殘酷的事，妳叫我……」老爹嘆氣，「怎麼轉身就走呢？」
「你若不走，也影響不了什麼的。」女神搖頭，「因為，我從你身上感受不到足以威脅到我的任何靈力，你進來時間雖長，卻沒有修煉出什麼戰鬥力。」
「嗯，的確是。」老爹頷首。「我從不修煉武力，士人的書，農人的農具，工人的工具，商人的金錢，我一樣都沒練，不過就算練了，要和妳抗衡，也不可能吧？」
「沒錯。」女神點頭，「那你還打算做什麼？」
「……」老爹慢慢的，慢慢的吐出了這兩個字。「保護。」
「嗯？」
「我從未修煉任何靈力，因為我只專注一件事。」老爹伸出了手指頭，微笑。
「什麼事？」
「我改變自己的程式，化成一個保護的程式。」老爹的指尖，忽然開始發光，發出燦爛藍光，而且老爹的手指，竟然在藍光中，慢慢的消失。

「咦？」女神皺眉，美麗的雙眼，微微睜大了。

同時間，老爹的藍光陡強，強到刺眼無比，然後藍光中，老爹的身軀竟然分解了。分解成肉眼無法分辨，比沙細，宛如分子大小的千萬個微小程式，宛如一道猛烈光速之風，直襲向女神。

千萬分子程式的速度雖快，但女神可是女神，她只要一伸手，象徵絕對防禦的女祭司牌一打開，任何程式都會被阻擋在外。

但，不知道是因為激戰連場，從濕婆、蒼蠅王，到擊殺少年H，讓女神的動作慢了，又或者是，女神體內，引發出了一股抵抗的力量。

總之，這張女祭司的牌，就這樣慢了那樣萬分之一秒。

只是萬分之一秒，就讓千萬個微小程式中的其中一個，落在女神的手臂上，然後消化融解，融入了女神的肌膚中。

剩餘千萬個程式，則在神聖的女祭司白光下，四下飛散，有的落入地板，融化消失，有的噴到牆壁上，然後結束了它們極為短暫的生命，也有的程式則越飛越遠，飛到在空中消失殆盡。

就這樣，當藍色的風吹過，老爹已經不在了。

空蕩的火車站大廳，徒留下這個永遠不敗的勝利者，女神。

只是，此刻的她，動作卻有些猶豫，彷彿在發愣，愣愣的看著原本老爹站立之處，已然空蕩。

最後一個挑戰者，就這樣消失了？

就這樣自爆消失了？

接著，女神緩緩坐回了自己那張椅子上，只是她的動作有些緩慢，有些疲倦，更有些寂寞。

而當她坐定，像是察覺到了什麼，伸出纖細手指，輕抹了自己的眼角，接著她赫然發現，她手指上，竟有一滴淺淺水珠。

「是妳在哭嗎？」女神嘴角微微上揚，笑容卻是苦澀的。「這身體的原始主人，法咖啡。」

「……」

「妳有一個好爸爸。」女神閉上眼，「一個願意為了自己女兒，犧牲自己全部的爸爸。」

法咖啡當然沒有回答。

此刻，偌大的火車站，就這樣剩下了女神一人。

所有的挑戰者都不再登堂，不過這不單是因為女神已經擁有了絕對的武力優勢，更重要的是，他們在另一個地方開始匯集了，為了另外一個更危險的人物。

入魔的，少年H。

全身籠罩著驚人魔氣的少年H，他剛滅了高雄，現在正在台南肆虐，黎明石碑上的鄉民，更已經直接更改了他的名字，不再是少年H。

而是……魔佛H！

這個未來一個小時內，即將讓所有玩家驚心動魄，永遠刻入內心最恐懼之處的名字。

魔佛Ｈ。

黎明石碑上，出現了一串數字，這數字以千位數為單位快速跳動著，上面正顯示著，「七十一萬八千六百一十四人」，這是這魔佛所殺的死亡人數，在短短十五分鐘。

所有人，都關注著台南，更不少中北部的玩家已經開始備戰，他們知道快了，魔佛Ｈ不用幾分鐘，就會來到台中。

但，始終緩步向前的魔佛Ｈ，卻在此刻微微停下了腳步。

因為，他前方道路上，插著一把劍。

這是一柄中國古劍，劍身雖已千年，卻不減絲毫光澤，劍身映著月光，直直的插在魔佛Ｈ的前方。

「……」魔佛Ｈ為此而微微抬頭，他看到了劍後的男人。

男人盤腿而坐，衣衫褸陋，腳上掛著破鞋，一手拿著酒壺，一手握著劍柄。

「在下，荊軻。」男人抬頭，雙目中綻放著威風凜凜的強者之氣。「劍名，湛盧，在此，參見聖佛。」

荊軻與湛盧，在此，參見聖佛。

第二章　魔佛，參見

新竹，大學實驗室中。

螢幕的畫面不斷跳動，螢幕前操縱鍵盤的白老鼠面容凝重，專注的看著螢幕上那快速跳動的數字。

「怎麼樣？」一旁的九尾狐已經睜開了眼睛，她發現白老鼠的神情怪異，那是融合了驚喜，羨慕，還有享受的……陶醉表情。

「真的好美。」

「美？」九尾狐歪著頭，「你是說誰？我？」

「不，不，不是，不是妳……」

「我不美？」

「不是啦，我很容易說錯話，常被我女友唸，我說好美的東西，是妳的自身的程式！」白老鼠看著電腦螢幕的程式，臉突然紅了，「好美。」

「啊？」九尾狐皺眉，把臉湊近了電腦，但她實在看不出那些重重疊疊的數字密碼，哪裡美了？

「妳不懂，這是看過程式的人才懂啦，妳的程式碼，不只是語言豐富，更充滿了讓人驚豔的排序技巧，乍看簡單但卻能展現非常複雜的功能，尤其是其中許多的技法非常衝突……該怎麼形容呢？」

「衝突？」

「亦正亦邪！對，就是亦正亦邪！」白老鼠滿臉讚嘆。「難怪我會被妳吸引，妳的程式真的很美，壞壞的那種美。」

「啊？」九尾狐眼睛睜大，她無法理解白老鼠這種人對程式的癡狂，但她能明白的，卻是白老鼠臉上那沒有修飾，真誠的神情。

原來我的程式，充滿了衝突，所以是亦正亦邪啊？

是啊，當年的自己蠱惑了紂王，把商朝搞得天翻地覆，其實也是奉了女媧大神的命令，後來遇到了姜子牙，雖然鬥法輸了，但卻收了姜子牙的正氣，化成了自己的第八條尾巴，現在呢？明明就是黑榜大妖，卻在為了笨蛋蚩尤和H到處奔走。

亦正亦邪嗎？說得真是好啊。想到這裡，九尾狐忍不住笑了。

「妳的笑也不錯。」一旁的白老鼠先是看傻了眼，臉紅之後，急忙又回到電腦螢幕上。

「咦？這是什麼？」

「什麼？」

「對，出現在妳的程式碼中，還刻意被用多重的技巧隱藏起來，對，這是多餘的，但如果不是妳特別提，我還真的沒發現，」白老鼠眼睛一亮，語氣興奮，話也多了起來。「這就是……」

「子程式？」九尾狐的聲音，也揚了起來。「是它嗎？」

「對，正是子程式。」白老鼠眼睛放光，「百分之百肯定，這就是子程式。」

「所以，」九尾狐吸了一口氣。「第三個子程式，真的在我身上！」

「不過，發現子程式的人真的很厲害，他一定對程式有非常驚人的觀察力，對啊，對方的陣營有比爾和老爹，這兩個人都有這樣的實力。」白老鼠表情陶醉，「這世界上有這些高手，真是不寂寞。」

「嗯。」九尾狐看著白老鼠，「那另外兩個位在吸血鬼女和娜娜子程式……」

「嗯，我剛同步把妳的子程式碼傳給了小五，他也會把吸血鬼女和娜娜的子程式回傳給我，等一下喔。」白老鼠雙眼盯著螢幕，「按照妳剛剛的說法，她們兩個的子程式，剛好各佔了三分之一……」

「嗯。」九尾狐看著電腦螢幕上出現了新信件的訊息，接著，白老鼠移動點開了那個訊息。

又是兩組充滿了數位密碼的程式。

「啊啊，要怎麼組合這三個子程式呢？」而白老鼠露出了嚴肅的神情之後，再度啟動手指的速度，搭搭搭搭的鍵盤聲中，這三個子程式開始用各種不同的方式排列組合，包含的內插、外掛，以及互相支援……

九尾狐看著白老鼠的側臉，忍不住用手拖住下巴，露出欣賞的表情。「男人啊，還是認真的時候最帥啊。」

約莫一分鐘後，白老鼠一拍鍵盤，「完成！」

「完成？」

「對，一分零四秒！」白老鼠在按下鍵盤的同時，同時瞄向一旁的鬧鐘，「不錯不錯，這一年忙著交女朋友，解程式的速度不慢反快啊！」

「完成了？那三個子程式合起來是？」九尾狐再次把她的俏臉，湊近了螢幕，而這次，她忍不住嘴巴微張。「這是！？」

「沒錯……」白老鼠全身微顫，「就是……」

同時間，遠在台北，另一個人也在組合這三個子程式。

「一分十四秒！」

這人在白老鼠完成後的十秒，也找出了這三個子程式獨一無二的組合方式。

當他完成，也同時露出驚訝的表情，並急忙翻找手機，嘴裡喃喃唸著。

「老爹，你的推測是對的，這三個子程式，真的是關鍵。」那個人，是小五，他撥給了老爹，天使團團長。「這完整的程式，真的，真的是現在的關鍵啊。」

只是，電話沒人接。

又撥了一次，依然沒人接。

再撥一次，還是沒人接。

忽然，小五懂了。

他慢慢的放下手機，待了數秒後，深深閉上了眼。

「老爹，這幾年來，我最崇拜的領袖。」小五閉著眼，「你終於還是離線了啊。」

離線。

代表老爹這個帳號，在遊戲中已經完全消失，也就是死亡，徹底的在遊戲中死亡了，再也回不來了。

「放心，老爹，你留下的遺願，三個子程式之謎……」小五咬著牙。「我一定會繼續下去的。」

不過，事實上，白老鼠並非第一個完成組合三個子程式的人。

「五十四秒。」一個低沉冷酷的聲音說道。

這個人，與白老鼠幾乎同時拿到子程式，卻比白老鼠更快了十秒，完成了這令人驚奇的任務。

只不過他得到九尾狐這個子程式的方法，不太光明，他是用竊取的。

「身為超級電腦的最初管理者，我當然會放置木馬，隨時取得電腦中的資料。」這人冷笑，「沒想到，新竹這個白老鼠還真有點能耐，能找到第三個子程式的主人，九尾狐。」

只是，此人是誰？

他不只是超級電腦的最初管理者，能自在竊取電腦的資料，更可怕的是，他比白老鼠和小五更快解開這三個子程式的排列？

綜觀整個地獄遊戲，只有兩個人有這樣的能耐，但其中一個已經為了女兒，化成千萬個微程式，從遊戲中徹底離線了，換句話說，兇手只剩下一個了。

只見，這人撥了撥他的金髮，輕鬆的笑容與少年H有幾分神似，但卻多了一股不可饒恕的惡意。

「嘿，而且，既然知道你們的祕密，我就更不能讓你們成功了，我會用我的殺手衛星阻止你們。」那人繼續笑著，能操作殺手衛星？此人的身分，已經呼之欲出了。

「原來，這三個子程式合起來之後，是這個模樣啊……」這男人，撥了撥金髮，輕鬆的笑著。

三個程式合體，出現的是一幅畫。

宛如山水潑墨般，由程式語言，拼湊而成的黑白圖。

圖中，是一個雙手合十的佛，佛的髮很長，宛如火焰往上衝，而圍繞在髮的周圍，卻是三種動物。

左上，是一隻蜘蛛。

右上，是一隻九尾狐狸。

而正上方，則是一隻蝙蝠。

動物雖然只是黑白字跡拼湊而成，卻是栩栩如生，三隻動物有一個奇妙的共通點。

那就是梳子。

每隻動物，或抱，或拿，或叼，都拿著一只梳子，正在替那位佛，梳著長髮。

「梳髮？」金髮男子冷冷的笑。「難道，這就是去魔的方法嗎？看到這情形，我怎麼能袖手旁觀呢?我一定要好好的破壞一下，讓妳們大大的失敗啊，咯咯，畢竟，我可是天使團最強的叛將，比爾啊。」

劍，湛盧。

傳言是出自春秋第一鑄劍師歐冶子之手，當時歐冶子在山中發現此鐵，並輔以該處泉水，鍛造了整整三年，當劍練成，其鋒利程度足以日月爭輝，更可稱霸一個時代，後來該山更以此劍命名，是為湛盧山。

換言之，這把劍，其實是一柄自然之劍，它萃取於自然，誕生於自然，最後更完成於自然，其劍勢如山，鋒利陡峭程度，更如一座破雲而出奇峰異嶺。

只是，這柄自然之劍在歷史中流轉得並非如此自然，它先是被越王勾踐取走，後來經歷了戰國名將李牧，輾轉經過唐將薛仁貴，後來更到了岳飛手上，最後隨著岳飛在風波亭遇害，從此消失。

持此劍者，都能創造一個時代的大功業，但，最後卻都含恨而終。

有人說，湛盧生於自然，但因為被用在戰場之上，反覆殺戮中，更讓它變得容易染上殺氣。

殺氣越重，力量越強，也會讓劍主下場越慘烈。

如今，擋在聖佛前的這一劍，正是消失了千年的湛盧劍。

而持劍者，則是當年膽敢孤身踏入秦皇殿，差點斬殺天下第一皇帝的男人，荊軻。

這荊軻，進入地獄之後，接受了亞瑟王徵召，更在與德古拉陣營的對決中，以一劍之差勝了音樂狂人貝多芬，荊軻的實力高強，絕對不容懷疑。

「聖佛，抱歉，此路不通。」荊軻仰頭飲盡手中酒壺之酒，慢慢起身。「你，不可過。」

入魔的聖佛，如魔的少年H，只是微微抬頭，然後又繼續合掌低眉，往前走去。

「我說，不可過。」荊軻眼睛陡然睜大，雙眼充血轉紅，雙手握劍，嘶的一聲，慢慢把劍從地面拔起，「不可過。」

「……」魔佛H，依然垂首低眉，雙手合十，腳步毫無遲疑，繼續往前。

「我說，不，可，過！」荊軻怒吼，雙手揮劍，劍鋒在空中劃出一個半弧，直劈向步行而來的魔佛H。

魔佛H仍在走。

而荊軻的劍，卻在朝著魔佛H揮去時，開始減慢。

不只減慢，劍的尖端更爆出劇烈摩擦時才會出現的火花。

「不，可，過，啊！」荊軻雙手青筋暴出，密麻如青色血網，顯示他以豁盡全身之力，要逼手上這柄湛盧之劍繼續往前。

魔佛H，依然垂首低眉，往前走著。

同時間，湛盧巨大靈氣爆發，具象化成一座高聳入雲的大山，大山氣勢驚人，朝著魔佛H猛力壓了下去。

但，魔佛H依然不為所動，只是往前。

劍越近H，速度卻越慢，摩擦的火花已讓整把劍如同亮眼的火棒，燒了起來，同時，荊軻雙手的青筋血網則啵啵數聲，血液如噴泉般湧出。

「我說，不可過啊！」荊軻嘶吼聲中，湛盧的靈氣大山轟然一聲，整個燒起。

最後，劍，就這樣在距離魔佛H的頭顱，僅僅一公分之處，停了下來。

再也，再也無法移動半分了。

「……」然後，魔佛H腳抬起，繼續，往前跨了一步。

就是這一步，荊軻的雙手開始血花炸裂，炸裂不斷往上，跟著炸裂了荊軻的胸膛，炸斷了雙腳，炸斷了腰際，最後炸碎的，是他的頭部。

「不……可……過……」荊軻化成血花前，最後的那句話，表示他極度堅強的意志。

但他終究明白了，他的挫敗，並非他的意志，而是實力差距，與眼前這名魔佛，那十萬八千里的實力差距。

魔佛H不是始皇帝，魔佛只是往前走，就足以殺敗這天下第一次刺客，荊軻。

但，也許魔佛H是對荊軻的堅持表達敬意，一直緩步往前的魔佛H，在此刻微微停步了。

「……」他對荊軻炸裂處，瞄了一眼，這一眼，充滿了深沉哀傷，但在下一刻，他又踏出了步伐。

不過，另一件事，也再同時間發生了。

就是湛盧劍。

這把被喻為天下第一劍，生於自然，法於自然，有大山氣勢的至上古劍。

它沒有折，非但沒有折，還在空中轉了半圈之後，被依附上了魔佛H的背。

而且，劍體由白轉黑，黑到宛如所有光線都會被吸乾殆盡，吸入這無邊無際的黑暗之中。

被收服了嗎?這把湛盧劍，竟被魔佛H的魔氣感染，被徹底收服了?

魔佛H繼續往前，此刻，在他眼前的，是一群玩家。

這群玩家他們決定不再坐以待斃，決意效法荊軻，主動出擊，他們就是如今台南的最強三個團隊，共計二十四個人，每個人等級都超過一百，他們的合作，堪稱北中南地獄遊戲玩家的最暴力組合。

「台南美食團。」第一個團，共有六個人等級破百，團長右手拿著一本美食地圖，左手拿著一雙筷子，目光炯炯，嘴邊油膩，冷笑中帶著對美食的挑剔。

「府城獅團。」第二個團，共有八個人等級破百，團長雙手抓著一個舞龍舞獅的獅頭，團員抓著獅尾跟隨其後，每次舞動，都散發著驚人霸氣。

最引人注目的，第三個團，她們共有十個人，而且，每個都是長腿辣妹。

「我們的團名是……」站在十人之中的第一人，長髮飛舞，單手扠腰，笑容自信而美麗。

「叫我姊姊團。」

「……」揹著湛盧劍的魔佛H依然低調謙卑，繼續往前。

他雖然沒有動作，但他背後的黑色湛盧劍，劍身卻已經緩緩的拔高了。

新竹，大學實驗室中。

「三種動物替佛梳髮？」白老鼠皺眉看著眼前的三個子程式合一的圖形。「這是什麼意思？」

「……」九尾狐沒有回答，只是愣愣的看著眼前的圖形。

「九尾狐？九尾狐？」白老鼠輕輕喊著。

「啊？你叫我？」九尾狐抬頭，看著白老鼠。

「對啊，妳剛怎麼呆住了？」

「因為我在想這幅畫的意思，」九尾狐呼吸正在加快。「佛，長髮，梳子，三種動物。」

「什麼意思……？」

「嗯。」九尾狐用力吸了一口氣，「白老鼠，老朋友一場，再幫我一件事……」

「說。」

「你能透過超級電腦，查出其他兩個子程式在哪嗎？」九尾狐目光炯炯，看著電腦上的那幅畫，「五百年的蜘蛛精，還有千歲吸血鬼女。」

「五百年蜘蛛精，千歲吸血鬼？」白老鼠聽到九尾狐這樣一說，先是一愣，然後忽然笑了。「我懂了，當然沒問題。」

說完，白老鼠的雙手輕輕撫過鍵盤，像是鋼琴師在演奏前與鋼琴親暱對話，接著，白老鼠指頭開始移動。

十根指頭宛如森林中跳舞的精靈，跳著高速與美麗的舞蹈，在這個由一百零四個黑鍵所組成的鍵盤上。

而透過十根指頭的美麗舞蹈，九尾狐看見了，電腦螢幕上，再次出現超級電腦的介面，然後透過超級電腦獨一無二的「眼睛」，在數百萬名玩家中搜尋著，那專屬於五百年蜘蛛精，與千歲吸血鬼女的特殊程式。

「謝謝。」九尾狐輕輕說。

「不會。」白老鼠專注的看著電腦螢幕，就在他手指快速在鍵盤上移動之際，忽然，白老鼠咦了一聲。

然後，白老鼠眼前的螢幕，陡然暗下。

「小心！」九尾狐見狀，急忙大喊，但下一秒，悲劇已經發生。

實驗室的天花板，竟然在這一瞬間炸開，同時間，一條直徑一公尺，又粗又快，亮到眼睛無法直視的綠色雷射光束，從天而降，直接轟中白老鼠眼前的電腦。

這雷射威能太強，一瞬間就將電腦所有電路全部燒盡，更將白老鼠和椅子化成了一團猛烈的火球。

「白老鼠！」九尾狐大叫，朝白老鼠方向撲了過去。

九尾狐用手急拍，猛烈的火焰頓時散去，火焰之下，是白老鼠被燒到慘不忍睹的焦黑面容。

「白……白老鼠……」九尾狐咬著牙，抱起了白老鼠，眼眶莫名的紅了。「你，你還活著嗎？」

「……」

「白老鼠！白老鼠啊！對不起，是我叫你做這些事，才讓你遇害的！我發誓……」九尾狐用力抱住了白老鼠，一股怒意，從心底升起，「我一定會查出，是誰埋下陷阱害你！」

「……好……好舒服。」

「咦？」九尾狐聽到這聲音，一呆，急忙低頭，卻看見躺在自己懷裡的白老鼠，他焦黑的臉上，鼻孔大張，露出痴傻的笑，嘴角還流下一條透明的口水。

「……好舒服，被妳這樣抱……」

「色，狼！」九尾狐眼睛大睜，用手捏住了白老鼠的耳朵，然後用力一拉。

「痛痛痛痛痛。」白老鼠表情由享受轉為痛苦，急忙抱住自己的耳朵，拚命討饒。「會痛，會痛，妳道行五千年，這一拉，我不只耳朵，連耳朵連接的頭骨都會被妳拉開啊！」

「那你還裝死！而且，」九尾狐咬著牙。「我明明就是三千年。」

「裝死，才有一點福利啊。」白老鼠表情又痛苦又開心。「不過，剛剛是真的有人要殺我！」

「是誰？」九尾狐鬆開了白老鼠的耳朵，疑惑的問。

「不知道，但對方肯定是電腦天才！」白老鼠眉頭皺起，「對方似乎也擁有進入超級電腦的能力，不只如此，他透過連線路徑找到了我，然後透過天空的殺手衛星，打算將我直接幹掉。」

「殺手衛星？」九尾狐抬起頭往上看，此時，她竟然可以直接看到天空。

因為這四層樓的建築物，被殺手衛星的光束，直接穿破一個大洞，精準且暴力的，要將白老鼠殺燒於一瞬。

這個操縱殺手衛星的對手，無論是電腦的追蹤能力、強大的靈力，以及下手的狠勁，恐怕不在九尾狐與白老鼠自己之下。

此人，是誰？

能操縱殺手衛星的高手，有誰？

「不過啊，還好這張椅子罩得住。」白老鼠笑，「這可是我上網競標來的『女神的椅子』，是它吸取了多數的威能，真好。」

「呃，女神的椅子？」九尾狐想起不久前在台北火車站，差點被女神殲滅的記憶，不禁打了一個寒顫。

「但，也幸好我速度夠快。」白老鼠笑了一下，忽然唸出了一組數字，「東經：121.522041北緯：25.034712。」

「咦？這是什麼意思？」

「這是座標，剛剛時間有限，只抓到千年蝙蝠的位置，這座標代表的意思是……中正紀念堂！」

「中正紀念堂？」九尾狐眼睛一亮。「太好了，我馬上去找她，把這幅圖的樣子和蝙蝠說……」

「但，坦白說，還有一個問題，這問題可能挺嚴重的！」白老鼠苦笑，

「什麼問題？」

「那就是，蝙蝠旁邊，我還同時監控到另外一個程式，這程式也是女性，而且能量級數，比蝙蝠還高……」白老鼠看著九尾狐。

「比蝙蝠還高？這……蝙蝠是吸血鬼女呢！她是獵鬼小組中的成名人物啊！要比她高的女生，非常非常少啊，那是誰？」九尾狐眉頭緊緊鎖住。

「根據資料研判，那個女人，應該是……」

「應該是……？」九尾狐看著白老鼠。

「瑪特。」白老鼠看著九尾狐，「埃及古神之一的，正義之神瑪特！」

「瑪特？」九尾狐這瞬間，倒吸了一口涼氣，她知道瑪特，如果說九尾狐是古老中國的千年狐妖，那瑪特就是神聖埃及的萬年神祇。

論力量，論地位，論神格，論歷史，瑪特都絕不在九尾狐之下。

比九尾狐更強的瑪特，等級自然更在吸血鬼女之上。

「而且，如果我沒猜錯，吸血鬼女應該被瑪特擊敗了，因為從程式來看，吸血鬼女的氣息相當虛弱，反觀瑪特則強勢得可怕。」白老鼠嘆氣，「九尾狐，妳確定，要去找瑪特？」

「還用說，當然是……」九尾狐閉上了眼睛，慢慢的吐出一口氣。「去。」

埃及正義之神，剛剛才擊敗獵鬼小組中的強者吸血鬼女，更在少年H包圍網三強中之一

……瑪特！

千年中國狐妖，與萬年埃及神祇的對決，就要展開了嗎？

「別的事？」

「那我還有別的事，」白老鼠起身，拍掉臉上焦黑的灰塵，扭了扭腰。「妳去吧。」

「那個愛從空中偷襲的壞傢伙。」白老鼠笑了，「我得想辦法擋住他，不然妳此行可能很危險。」

「啊？」

「嗯……」九尾狐看著白老鼠，忽然，她往前一撲，用力在白老鼠的臉頰親了一下。

「你剛剛，超帥。」九尾狐笑得好甜。

「嗯。」白老鼠先是傻住，然後笑了起來，笑得好害羞好靦腆。「還好，還好啦。」

「真的很帥啦。」在九尾狐眼中，沒錯，剛剛的白老鼠真的很帥，那是會讓九尾狐也心動的霸氣。

白老鼠雖然看起來很宅，只會沉浸在電腦世界中，但，事實上，他可是曾經盤據新竹王者位置長達數年，連南方的織田信長和曹操都撼動不了他的地位，表示他不只懂電腦，也懂戰術，更懂調度與策略。

宅，只是一個表象。

很宅，也可以很強，白老鼠就大大的證明了這一點。

而且，剛剛操縱殺手衛星的刺客，一定也是這樣的人物，也表示能與這樣刺客抗衡的人，的確，也只有白老鼠而已。

「中國對埃及，妖氣對神力，」九尾狐笑。「我出發了。」

「電腦拚電腦，鍵盤抗鍵盤。」白老鼠也笑，「一路平安。」

「你也是，一定要活下來勒。」

「妳也是。」

在告別之前，九尾狐臉上不禁浮現了一抹微笑，因為她真的很慶幸，這個魔佛H狂殺，女神破關在即的時刻，還有白老鼠這個可靠的夥伴存在。

真的，真的很慶幸哩。

台南。

台南三大戰團，分據上、左、右，撲向了魔佛H。

魔佛沒說話，依舊慢慢往前走著，但他背部的湛盧劍，卻已經騰空而起。

黑色，純淨的黑色劍身，在空中轉了一圈，一圈過後，六個頭顱應聲彈起。

這六個頭顱，正是美食團的六大高手。

「啊。」第二團是府城獅團，他們八人串成一頭威猛的舞獅，舞獅成長條狀，渾身散發濃烈靈力，宛如一條蜿蜒奔騰的戰火車，

但，只見湛盧劍在空中微微顫動，不再轉圈，反而筆直往前。

「想和我們硬拚？」府城獅團負責扛獅頭的團長，發出大吼，「我們的獅頭可是用上萬粒台南白柚濃縮擠壓焠鍊而成，硬度不只高，更散發濃烈香氣，肚子的時候，用湯匙挖兩口還可以止餓止渴。」

湛盧劍仍在逼近，獅頭往上一擺，以強悍之姿，就要與其對決。

「那就來吧！」獅團團長大吼，「所有團員待命，迎擊！」

瞬間，劍鋒與獅頭，正式撞擊。

而勝負，卻也在這麼一瞬間，就已分出。

只聽到噌的一聲，湛盧劍已然插入獅頭之中，接著再噌的一聲，從舞獅的尾巴中貫出。

劍入，劍出，短短的一瞬過去，舞獅團頓時停住，不動了。

血，慢慢從舞獅面具的雙眼湧出，從舞獅的身體滴出，只是，一直到最後，舞獅都不倒，直挺挺的站著。

「好個府城獅團，死後還不倒，正是我們台南團的不死精神。」僅存的第三個團「姊姊

團」，團員全部都是辣妹，她們的首領三十餘歲，長髮，長腿，豔麗的神情中帶著強韌意志。

「就讓我這個姊姊，替你們報仇吧。」只見這辣妹手一揮，其餘九名辣妹團員開始移動，一下子就將魔佛H團團圍住。「展現妳們的姿色吧，姊姊們。」

九個人，聽到團長的命令，立刻跳起了各種曼妙的舞步，這些舞步有的妖嬈，有的逗趣，有的迷濛，有的是熱力街舞，有的合舞，有的自己獨舞，但無論哪種組合，都有一個共通點，都非常誘惑人心。

事實上，這不只是美而已，她們的舞步與舞蹈中，也包含了強大的靈力。

這強大靈力如同一個攻擊猛烈的陣法，只要深陷陣法中，不用幾秒就會心神馳迷，七孔流血而死，正所謂姊姊裙下死，做鬼也風流。

但，她們忘了一件事，她們的對手，不是普通人。

他是佛。

斷絕七情六慾，超凡脫俗的佛。

他如何會被這些情色迷惑？所以，他繼續往前，而且不只如此，他的助手，也不是人。

那是一把劍，純黑色的湛盧劍。

九辣妹賣命狂舞，但卻沒有半點效果，那把湛盧劍在空中轉了半圈，然後疾射而下。

劍身化成一條鋒利絕倫的黑色長線，咻的一聲，沿著九個辣妹身體轉了一圈。

九個辣妹，身上九個洞，洞口都是心臟。

然後，當這九名辣妹都化成道具之時，團長，那個辣妹發出悲憤的尖叫，雙手一拍，她頭上出現一頂尺寸超大的安全帽，以及一台小摩托車。

超大安全帽和超小摩托車乍看之下逗趣，但在她的舞蹈下，卻顯得極美，極誘人，更是極度充滿了靈力。

她的舞，甚至不只能迷惑人心，更能將她的怒意化成有形，化成另一把劍，啪的一聲，竟然將湛盧劍擊退了。

湛盧劍，這把入魔的自然之劍，竟然抵不過這個憤怒的姊姊團團長，只見她仍在哭著，哭著她的姊妹們，踏著舞步往前，就要將她的靈力發揮極限，一口氣擊碎這把湛盧劍。

但，她忘了。

湛盧劍只是助手，只是一個入魔的助手，還有一個人，他才是湛盧劍的主人。

他是，魔佛H。

魔佛H雙手合十，就在此刻，分毫不差的走到了團長與湛盧劍的中間。

「啊！」姊姊眼睛大張，嘴巴也跟著張大，表情驚駭，而這驚駭的表情，就這樣，成為了她在地獄遊戲最後的表情。

一團血花爆開。

魔佛H緩緩走過了姊姊的身旁，而姊姊最後與所有玩家一樣，化成了一團血花。

放眼望去，整個台南城，就在姊姊爆開之後，已然完全淨空。

結束了，魔佛H終於停下腳步，他仰頭，看著這座寬大的台南城。

六十四萬四千零五十一個玩家，在台南這個城市中，全部死絕。

這些玩家多是魔佛H的靈力吸出來，然後在魔佛身邊炸開，快速，精準，但也殘忍無比的死去。

魔佛H緩緩回頭，接著，他要回到高鐵站去。

下一班車快到了。

而下一個城市的名字，就叫做台中。

同時間，所有的玩家，都關注著台南這場瘋狂的屠殺。

台中往北的所有交通路線都已經塞爆，無論是火車、高鐵、高速公路、省道，所有可以離開台中這座城市的方法，都被用上了。

超過二十萬人都卡在交通上，他們想往北逃，逃到新竹，至少能多活十分鐘。

因為，他們從黎明石碑上已經看到了最新消息，那就是「台南城全部覆滅」。
躲藏無用，戰鬥無用，詭計無用，誘惑沒用，所有的招數都無用，他們明白了一件事，這個魔佛H……比女神還要強！
他們只能祈禱一件事，在女神完全破關之前，所有的玩家，不要被這瘋佛，給全部殺光了。

台北火車站內，那張椅子上，女神悠閒看書。
她纖細的手指，翻過一本名為「陰咒」的書，嘴裡碎碎唸著，「聽說這是抽鬼和惡靈地下道的續集，嗯，可以感覺到從「抽鬼」時，Div所展現的潛力，到現在「陰咒」好像不太一樣了，除了多中年大叔的碎唸……好像還有某些更成熟的東西跑出來了，只是，如果Div可以戒掉「亂預告」這個毛病，肯定會更好！」
闔上了書，女神閉上眼，似乎在感覺著什麼？然後她緩緩吐出了一口氣，
「三個子程式？梳子？喔，聖佛啊，看樣子你為了對付天劫，也是有備而來，但是有這麼容易嗎？」女神淡淡的笑了。「別忘了，我們這邊可是至今戰績全勝的……瑪特呢。」

就在九尾狐對上瑪特，白老鼠對上比爾的戰鬥要展開之際，那個白老鼠超級電腦來不及找到的第三個子程式呢？

她，就是五百年的蜘蛛精娜娜，而且她移動方向與逃亡人潮的方向完全相反，也是這樣的相反，讓她陷入其實比吸血鬼女凶險萬倍的狀況。

她，坐在高鐵上，而且目的地，竟然就是魔佛H即將抵達的，台中。

娜娜為何要去台中？她在想什麼？她究竟想做什麼？只見高鐵上的她，雙手緊緊擰著衣角，眼眶淚光盈盈。

「H，H，H小子。」娜娜抬頭，眼淚，就這樣順著美麗的臉頰，流了下來。「你到底怎麼了？你明明就最討厭殺人啊，他們是無辜的玩家啊，你怎麼會這麼殘忍的屠殺他們？」

「我一定要把你勸回來，」娜娜語氣顫抖，「H，不可以這樣，我，一定要把你勸回來。」

第三個子程式，唯一能拯救聖佛與少年H的三個子程式之一，竟然要自己去台中送死？

若娜娜死了，聖佛的最後一絲希望是否會因此幻滅？

噹噹兩聲，當高鐵停下，娜娜不發一語，穿過打開的車門，走了出去。

台中。

她即將在這裡和魔佛H相會，以生命為代價，兩人即將相會。

「這不是第三個子程式，蜘蛛精嗎？為什麼她一個人坐車往台中去？那裡有魔佛啊！」

第一個發現異狀的，是位在台北的小五，他也是擁有操縱超級電腦能力之人，當時白老鼠漏掉了第三個程式，但他卻接手，將蜘蛛精娜娜給找了出來。

小五感到全身發涼，忍不住自言自語。「老爹死前有交代，要護住這三個子程式，但如果蜘蛛精繼續往南，碰到魔佛H，她身上子程式肯定還沒發揮效用，就當場斃命了，怎麼辦？三個子程式少了一個，無法對魔佛H梳髮，肯定完蛋啊。」

想到這裡，小五起身，來回踱步。

小五雖然也是天使團員，但他的能力基本上與老爹、白老鼠、比爾等人相近，他們實際的武力並不強，所以他就算內心焦急，也自知無法攔截蜘蛛精這等五百年大妖。

更何況，他怎麼可能追上搭上高鐵的蜘蛛精？

「怎麼辦？怎麼辦？白老鼠和九尾狐又去找瑪特了，怎麼辦？對了。」小五來回踱步兩圈之後，腳步一停，「對了，找人幫忙。」

想到這，小五急忙跳到電腦前，他開啟了超級電腦的搜尋程式，螢幕上，跳出了新竹與台中兩大城市的玩家位置圖。

超級電腦，這台由老爹、比爾，以及小五三人合作建構而成的巨大計算機器，能掌握每個玩家的位置，也就是仗著這台超級電腦，天使團才能稱霸台北城長達數年，除了女神外，無人能撼動其地位。

事實上，每個玩家在超級電腦的世界中，都是一組程式，程式化成光點，數以萬計，在螢幕地圖上，優雅的閃爍著。

「搜尋，搜尋附近的非現實玩家……」小五表情緊張，手指快速移動，在這密密麻麻的光點內，找到了幾個亮度特高，顏色不同，閃爍速度不同的特殊光點。

這些特殊光點，就是所謂的非現實玩家。

「傳訊息，」小五表情凝重，咬著牙，呼吸急促，手指飛快的在鍵盤上運作。「無論你們是誰？請幫忙，離蜘蛛精最近的你們，趕快過去幫他！」

簡訊上，小五是這樣寫的。「蜘蛛精，正往台中，請救她，因她若死，魔佛之劫，將無解。」

然後，小五吸了一口氣，按下傳送。

這剎那，那附近數百個非現實玩家的手機都響起了嗶嗶聲，有的人置之不理，有的人看了一眼後，眉頭皺起，把手機收入口袋，假裝沒看到。

事實上，也不能怪他們，畢竟，若前去拯救蜘蛛精，那可是要賠上性命的。

因為對方不是別人，對方可是魔佛H啊！

無論是聖佛，或是少年H，都是惹不得的角色，這兩個人合體展開一場又一場瘋狂的屠殺，這些妖怪又能做什麼？

但，就在上百個非現實玩家們，一個接著一個，皺起眉，撇過頭，嘆著氣，把手機放下，假裝無此事之際……卻有個男人，眼睛直直盯著手機螢幕不放。

他聲音低沉，喃喃自語著。

「蜘蛛精？蜘蛛精？是娜娜嗎？」那男人語氣中透著熟悉與懷念，「她還活著？只是，她沒事往台中去幹嘛？她想送死嗎？」

然後，那男人把手機放下，沒有半點遲疑的，轉過身子，朝著往台中的高鐵方向前進。

只是，當男人開始移動時，他身邊的一個嬌小的女人急忙拉住他。「你，你要去哪？」

「我要去台中。」

「台中？那裡有魔佛H！」

「我非去不可。」那男人看著女人，語氣溫柔。

「不行，你會死的，對方是魔佛H，他只花了二十分鐘，就殺光了高雄和台南，總共一百多萬個玩家欸。」女人語氣帶著哭音。「你不要去，拜託，你不要去好嗎？」

「對不起，」那男人語氣好溫柔，伸出大手，揉了揉那小女子的頭頂。「我知道我很自私，但這場仗，我必須去，不只為了整個地獄遊戲的玩家，更重要的是，我必須救娜娜。」

「娜娜？她就是你常提的……」

「對，她就是我最常提的，那段美好時光時的夥伴。」那男人表情堅毅而溫柔。「因為，我們都是，台灣獵鬼小組。」

台灣獵鬼小組，為了這個名字，我非去不可啊。

第三章・誰是女王？

而就在魔佛H即將掃蕩台中城之時，另一組人馬，另一場戰役，也即將展開。

這戰役的主角之一，是長髮飄逸，柔媚豔麗的九尾狐。

此時，九尾狐終於到了目的地，在她眼中的，是一塊佔地數十平方公里的巨大廣場。

這廣場建於威權時代，但如今卻是台北市民的生活中心，每天清晨與黃昏，數以萬計的人在此運動，聊天，享受著身在都市卻能優游散步的美好。

這裡，不是別的地方，就是以那名威權者所命名的，「中正紀念堂」。

「瑪特，選這麼寬闊的地方，要來當戰場？」逼近午夜的現在，九尾狐刻意放慢速度，沉穩的踏入了廣場之內。「瑪特，究竟是心機太深？還是太有把握？」

當九尾狐踏入了廣場，她見到了兩個人，正在對峙。

其中一個人，短髮，戴著一副無框銀亮眼鏡，身穿俐落套裝，就算不露絲毫霸氣，但光從她這份悠然態度，就知道她難惹，極度難惹。

而另外一個人呢？九尾狐認出了那是吸血鬼女。

但吸血鬼女的模樣卻頗為奇怪，她雙腳離地，像是一個初生嬰兒般，全身縮成一團，浮在空中。

「九尾狐，啊，也許妳喜歡別人叫妳人類名字，妲己。」那短髮女子看到了九尾狐，微微一笑，推了推眼鏡。「是吧，千年狐妖。」

「妲己，妲己……」九尾狐臉上露出一抹冷笑，「知道我的中國名字，妳的功課倒是做得很足，只可惜……」

「只可惜？」

「我最討厭別人這樣叫我啊！」九尾狐低喝，身體一旋，旋成一道美麗的白色倩影，以驚人高速撲向短髮女子。

「嗯？」短髮女子沒有半絲驚慌，表情依然沉穩，只見她手一翻，一只天秤從她手心出現。

而就在同時間，原本將自己速度推到極限，打算偷襲重創對手的九尾狐，卻在此刻，忽然感受到一股異樣。

好重。

身體竟然像是灌滿了鉛一樣，好重。

也就是這種往下一沉的奇怪感覺，讓九尾狐速度瞬間減速，當速度一慢，下一瞬間，那短髮女子的手，已經出現在九尾狐雙眼前方，僅僅十公分處。

「記住我的名。」那短髮女子低沉的笑聲傳來。「我是埃及北方之主，瑪特。」

說完，九尾狐的面門砰的一聲，五官陷落，頭骨全部碎裂，原本美麗的白色倩影，往後飛去，落地，又在地上摩擦了數公尺後，才勉強停住。

九尾狐，頭顱被炸，躺在地上不動了。

「這點靈力，怎麼可能炸得死妳？別裝了，快起來吧。」瑪特昂著首，臉上帶著冷漠的笑。「妲己。」

「妲己？」

只見那躺在地上的九尾狐屍體，忽然慢慢的塌陷，融化，最後竟然化成一條尾巴，尾巴像是一條毛蟲般往旁邊溜去，溜了十幾公尺才停住，而尾巴停住之處，竟然，還站著一個九尾狐。

完整，嬌俏，臉部沒有任何凹陷的九尾狐。

「擬態尾，全靠妳啦。」只見這條尾巴像是寵物般，蜿蜒爬到九尾狐的身上，最後來到九尾狐的臉龐，磨蹭著。「還有，我警告妳，瑪特，我討厭妲己這名字。」

「為什麼討厭？因為妳當時服侍的，是妳所討厭的男人，紂王嗎？」瑪特仍掛著冷笑。

「住口。」九尾狐眼睛一瞪，忽然屁股一扭，背後隨即竄出一條尾巴。「金尾，落。」

這尾巴通體黃金，更在甩出去的零點一秒之間，快速長大，轉眼，就已經宛如一條巨大金錐，尖端閃爍金色光芒，對準瑪特，由上往下，狠狠擊了下去。

只是，九尾狐的這條金尾，雖然開始聲勢驚人，但卻在快要擊中瑪特時，又出現了異樣。

好重。

又是好重。

原本高速的金尾，被這股奇異的重力感干擾，速度猛降，最後，金尾的尖端，就在瑪特面前約莫三十公分處，硬生生停了下來。

只有淡淡的風，吹過了瑪特幾絲短髮。

「還有嗎？」瑪特伸出手，握住了金尾尖端。「妲己……」

忽然，卡的一聲，金尾開始在她掌心出現裂紋，然後往上碎裂。

「妳……」九尾狐吸了一口氣，壓抑著怒意。

「我問妳，還有嗎？妲己。」瑪特眼睛瞇起，「當年，紂王疼愛妳，是不是常問妳這句話啊？妳還想要什麼？妲己？」

「我說過，不准，叫我，妲己！」九尾狐尖叫，向來冷靜的她，已經完全失控，背後升起了四條尾巴。

木尾，水尾，火尾，土尾，加上剛剛被阻擋的金尾，曾經將中國商朝弄到天翻地覆的五行之尾，如今已經全部現身。

五尾全部到齊，在九尾狐的身後，宛如五條巨蟒，吞吐撼動大地的猛烈殺氣。

只是，就在九尾狐拿出實力，要一口氣將瑪特殲滅在中正紀念堂之際，她眼角目光，剛好瞄過了一旁的吸血鬼女。

一股不安的感覺，再次湧上心頭。

吸血鬼女，是九尾狐少數認同的高手，不只是吸血鬼女富有機智，擅長戰術，更重要的是她身負尊貴的德古拉吸血鬼血統。

她的強，綜觀整個地獄，絕對不容置疑。

她也敗給了瑪特？

還有，剛剛那古怪的沉重感到底是什麼？

瑪特到底擁有什麼樣的能力？與她手上的天秤有什麼關係？吸血鬼女，究竟是怎麼輸給瑪特的？

但，這些複雜的問題只是短暫的閃過九尾狐的腦袋，因為瑪特的挑釁下，九尾狐的怒氣，已經讓她不顧一切，發動了那威力驚人的五條尾巴。

木輔火，火生土，土催金，金產水，水再旺木，五行相生相剋，化成自然界無可磨滅的強大力量。

五尾輪轉，翻湧如一股震天大浪，直捲向眼前短髮俐落的女子，瑪特。

「妳剛剛遲疑了，妳是不是在想……」瑪特右手抬起，手上的天秤發出灰黑色光芒。

可視靈波！

瑪特，果然也是有可視靈波的等級。

「妳是不是在想，吸血鬼女究竟如何被我打敗的，是嗎？」瑪特邊笑，眼睛綻放看透一切的慧黠光芒。「九尾狐，妲己。」

九尾狐沒有回答，但她的沉默，卻已經回答了瑪特這個問題。

對，深諳戰術，又有德古拉血統的吸血鬼女，究竟如何被瑪特打敗？

時間，開始倒流，倒流到一個小時前……

時間，退回一個多小時以前……

當時，吸血鬼女與小桃被瑪特和母獅神追上，吸血鬼女將小桃推走，並發出大喊，「逃！去找援軍！」

小桃並未真的脫逃，因為她的背後已經跟上了瑪特的隨從，另一個埃及古神，母獅神。

只是，就算吸血鬼女知道了小桃的險境，卻也無力出手介入，因為，她的對手已經站定，且散發出驚人的殺氣，就是這殺氣讓吸血鬼女知道自己不能妄動。

那對手，名字就叫瑪特。

「吸血鬼女。」瑪特嘴角微微上揚，露出淺笑。「妳好，我是瑪特。」

「我知道妳是瑪特。」吸血鬼女咬著牙。「我曾在歷代黑榜群妖的名單看過妳……」

「喔？」

「現在的黑榜名單，從第一代獵鬼小組到現在，其實經過十三次大變革，有的變革是因為大妖怪被捕捉，有的變革則是因為魔神與地獄政府談和，交換利益，於是該魔神名字被從名單中拿掉。」吸血鬼女瞪著瑪特。「我曾經在過去的名單中，看過妳的名字。」

「啊，那段荒唐胡搞的歲月，竟然還有人記得，真不好意思啊。」瑪特嚴肅的臉，露出罕見的笑容。

但就算臉露笑容，瑪特仍維持著驚人的氣勢，強壓著吸血鬼女，宛如蛇與青蛙，掠食者與被掠食者。

「而且妳不只名列黑榜十六強，更是尊貴的黑桃皇后，一直到五百年前，妳和政府達成了協議，貓女才取而代之。」吸血鬼女說著。「十三次榜單變革，跨越千年的黑榜傳說裡面，妳從來沒有被換下過，甚至，妳從來沒有被捕獲過半次。」

「嗯，好像是。」瑪特一笑。「所以呢？說了這麼多，妳想幹嘛？」

「我？身為獵鬼小組，逮捕黑榜怪物，是我的天職，所以……」吸血鬼女慢慢起身，氣勢開始凝聚，越是起身，氣勢越強，轉眼已經不是蛇與青蛙，而是蛇與蛇的對決。

一條眼鏡王蛇，一條則是百步毒蛇，同樣毒，同樣有著獠牙，同樣能在瞬間捕殺獵物的毒蛇。

「所以？」

「所以，我要逮捕妳。」吸血鬼女瞪著瑪特。

「好，就等妳來抓。」瑪特一笑，往前踏了一步，一股無形之氣，排山倒海，朝著吸血鬼女直壓而來。

「喝！」吸血鬼女罕見的提氣一喝，藉著這一喝，硬是將瑪特排山倒海的氣勢，給回壓了回去。「去吧！把瑪特的頭顱給摘下來，吸血鬼雙翅。」

只見吸血鬼女雙手張開，兩道巨大而鋒利的翅膀，從她雙臂後方延伸而出，化成兩道寬大鋒利的黑色利刃，一左上一右下，高速掃向瑪特。

「翅膀？」瑪特淡然一笑，雙手五指張開，然後拇指與食指一夾，竟然就這樣精準萬分的夾住了，這對又薄又利又快的雙翅。

雙翅顫動一下，完全掙脫不開瑪特的雙指。

「果然有些道行啊，但是，我可不止一種武器，爪子！」吸血鬼一咬牙，往前一撲，在撲上的過程中，她十指浮現銳利爪子，朝著瑪特臉上劃了下去。

「爪子？」瑪特睥睨的看著吸血鬼女的爪子，「第二重戰術？給我停下！」

這聲停下剛落，吸血鬼女忽然感覺到雙爪猛然往下一沉，被一股巨大無比的力量往下拉去。

這一拉，砰的一聲，吸血鬼女雙爪落地，甚至壓碎了馬路的磚瓦。

不只如此，除了爪子，連吸血鬼的身體，都被定在地上，動彈不得。

「怎麼回事？」吸血鬼女還來不及反應，眼前，瑪特手掌的陰影，已經罩住了吸血鬼女的臉。

「翅膀與雙爪，」瑪特淡然一笑。「應該還有別招吧？」

「哼。」

「下去！」瑪特提氣一喝，這一喝，吸血鬼女頓時感到五官被一股大到驚人的力量擠壓，瞬間就要把她的五官，包含頭骨與腦漿，一口氣壓碎。

「吼，吼吼吼吼吼！」吸血鬼女仰頭，用盡全力咆哮，最強絕招，順著這聲咆哮中，悍然而出。

雙牙。

吸血鬼力量的精粹之處，吸血鬼的雙牙。

雙牙夾著驚人的靈力，散發出可視靈波的顏色，那是專屬吸血鬼女的嚮往，優雅明亮的天空藍色。

雙牙的威能與瑪特手掌的靈力猛力一撞，雙方都是全身巨震，只是，瑪特的雙腳穩穩站著，但吸血鬼女卻被撞倒在地上，滾了十餘公尺才停止。

「這牙，挺厲害的。」瑪特看著自己的手掌，掌上出現了兩條清晰的牙痕，她露出罕見沉思的神情。「而且，裡面包含三種血統的力量，這是怎麼回事？」

「……」滾到一旁的吸血鬼女，金髮散開，呼呼的喘氣。

「第一道，年紀最輕，充滿潛力，應該是妳自己的，」瑪特看著自己的手掌，只差一點，自己最自傲的靈力就要被這雙牙給戳破。「第二道，又古老又強大，是吸血鬼之王的血統……難道妳被德古拉伯爵咬過？」

「……」吸血鬼女咬著牙，她腦海開始盤算各種戰術，內心則隱隱訝異瑪特驚人的推理能力。

「第三道……這血統也相當古老，不只古老而且瘋狂暴力，這是魔的力量？」瑪特露出了罕見的遲疑，「這力量……其實已經與德古拉並駕齊驅，但，是誰？還有哪隻吸血鬼，這樣強大？」

第三個血統？吸血鬼女自然知道第三個血統可能是誰，但讓吸血鬼女訝異的是，瑪特似乎分辨不出第三個血統的來歷。

難道……第三個血統，瘋狂又強大到令瑪特無法分辨嗎？

「瑪特，我不懂，妳怎麼會和南埃及的響尾蛇齊名？那條蛇可沒妳的一半厲害啊。」吸血鬼女苦笑，慢慢起身。「當時我和小桃聯手打敗眼鏡王蛇，他的級數和妳差了一大截啊。」

「那條笨蛇嗎？單就靈力，他是有我的八九成，但他的問題就是，腦袋裡面的東西太少了。」瑪特收起手掌，握拳，轉了轉手腕。「但，我服從的向來是女神，偶爾會聽聽阿努比斯的，所以，別把我和那條笨蛇相提並論。」

「哼……」吸血鬼女苦笑著，她最自傲的三重攻擊已經失效，最精華的牙齒都穿不了瑪特的手掌，她還能出什麼招？拳頭？雙腿？這些低階的攻擊，只會讓自己更加危險而已啊。

「還有別招嗎？傳說中吸血鬼全身上下都是武器，但妳的爪、翅膀、牙齒都已經秀出來了。」瑪特朝著吸血鬼女走著。「拳頭和腿，不過這種拿來練身體的，就別拿出來丟人現眼了，如果還有別的，就儘管打出來吧。」

「……」吸血鬼女依然在沉思，然後，她開口了。「瑪特，剛剛我雙爪突然被往下拉，還有後來妳手掌擋住了我的牙齒，那股力量，是妳的特殊能力，對不對？」

「呵呵，我沒義務回答呢，我又不是那種會教敵人招數的笨蛋。」瑪特笑，「等妳死了，自然就會知道了。」

「是嗎？看樣子，不用逼的，是逼不出妳的絕招了？」吸血鬼女慢慢起身，她閉上眼，雙手張開。「最後一招。」

「嗯？」此刻，連瑪特都沉默了，因為她感受到了一股奇異的風。

風，來自眼前這金髮美女，吸血鬼女。

柔柔亮亮的風，與其說是風，不如說是光……而且是，那種吸血鬼女最不可能觸碰的禁忌之光。

「這是妳的絕招？」瑪特眼睛睜大，然後，她笑了。「以吸血鬼來說，妳的確令人尊敬。」

瑪特的笑裡，沒有半絲原本的嘲弄與冷淡，反而帶著一絲敬意。

吸血鬼女雙手仍張著，而她的身體，就在此刻，慢慢的透明了，身體散發的柔亮之風，也逐漸加強。

「我的最後一招，也是我的夙願。」吸血鬼女身體已經完全透明，語氣溫柔，彷彿對著一個親密的人說著話。「舅舅，這是我的絕招，陽光。」

陽光。

然後，吸血鬼女整個身體消失。

消失後，原本柔亮的風開始增強，增強，再增強，再再增強，轉眼間，化成了數億顆微小但擁有十萬度高溫的光粒子，捲成一團暴力的太陽風暴，朝瑪特襲來。

「陽光嗎？這究竟是妳的夢？還是妳的招數？為了對妳身為吸血鬼，卻選擇了陽光絕招表示敬意，那也讓妳看看我的絕招……」瑪特輕笑一聲，手上的天秤，開始緩緩的傾斜。

「……重力！」

重力，將吸血鬼女爪子往下拉去，將吸血鬼女的牙給推開的力量，原來是重力，這個將地球萬物拉在地上，不至於被地球自轉甩出外太空的物理學基礎之力，竟然就是瑪特的絕招！

此刻，重力，與陽光。

兩種主宰大地的絕對力量，竟這樣以敵對之姿，硬生生的碰頭了。

瑪特。

在埃及的神話中，是審判與正義之神。

每個死去來到冥河的靈魂，都會來到瑪特的面前，接受正義之神的審判。

審判的過程是這樣的：瑪特會一手拿著天秤，一手伸到靈魂的胸口，接著，五根指頭，會無聲無息的穿入每個靈魂的胸膛，然後當瑪特手掌縮回，掌心已經多了一個熱騰騰，還在跳動的心臟。

接著，瑪特會將心臟放到天秤的一端，另一端，則被擺上一片羽毛。

這片羽毛，被喻為「瑪特之羽」，能秤出這靈魂的善與惡。

這時，所有人都會屏氣凝神，看著天秤的擺動。

若是那天秤開始傾斜，表示靈魂的心臟和瑪特羽毛的重量不相等，無論是重或輕，都會被瑪特視為「罪人」。

那一瞬間，一直藏在瑪特背後的靈獸就會竄出，一口咬掉這顆還在跳動的心臟，然後嘴巴闔起。

當心臟被靈獸咬破，溫熱鮮血流滿了靈獸口中時，表示這有罪的靈魂徹底死亡，再也無法進入埃及的輪迴。

這就是瑪特。

這是埃及的審判與真理之神。

但一片羽毛又如何比心臟來得重？又如何比心臟來得輕？也許這就和瑪特的特殊能力有

關。

重力。

瑪特的重力能操縱萬物的重量，更何況是一根羽毛？

「重力。」時間又拉回現在，瑪特手上的天秤輕輕晃動，傾斜又開始了。

同時間，天秤的周圍，又開始散發出那深沉的灰黑色光芒，正是瑪特的可視靈波顏色。

「重力？」身體已經消失的吸血鬼女，聲音迴盪在這片陽光中。「原來，剛剛讓我雙爪突然墜地的力量，是重力？神級的人物，果然操縱的物質就是不一樣！不過，這才有趣。」

陽光粒子仍在翻湧，化成一團風暴，直撲向瑪特。

而瑪特手上的灰黑色光芒越來越猛烈，天秤也越歪越大，表示她正不斷將重力往上催升。

「不過，」吸血鬼女聲音中，帶著淡淡的笑。「我可是陽光，陽光是光線，就算擁有重力，又怎麼可能阻止陽光？」

陽光，吸血鬼女最後夙願形成的陽光，某種程度來說，的確可能是最強的一種招數。

第一，陽光擁有無差別性，千萬年來普照大地的陽光，原本就能照耀每個角落，無論敵人多寡，對陽光來說都是一視同仁。

第二，陽光擁有光的速度，宛如破曉的清晨，就是那短短的一瞬，大地就會被陽光照亮，光速，就算在地獄群魔群妖眼中，也是一堵無法跨越的速度高牆。

第三，陽光的能量，一團由核融合創造出來的巨大能量體，它不只能給萬物滋養的能量，更能烤裂大地，逼使萬物滅絕，這就是陽光，如此溫柔又如此的暴力

如今，吸血鬼女完成了「陽光」。

從舅舅和她說起陽光的故事開始，跨越了數百年的漫長時光，吸血鬼女在此刻，打出了她最後的夙願。

陽光。

溫度被拉高到上萬度，明亮且兇猛，化成一團亮黃色風暴，直捲向眼前的瑪特。

「是嗎？」瑪特手上的天秤，仍在傾斜，越傾越大，她全身已經被那團灰黑色的可視靈波完全包圍了。

然後，陽光到了。

同時間，瑪特手上的天秤，也卡的一聲，傾到了極限。

高能的陽光，與超自然的重力，就這樣在這瞬間碰觸了，接著，一個令人完全意料不到的戰局變化，發生了。

就在這場戰役對決的一瞬間，北投山區的某座溫泉內，一個約莫十歲的女孩軀體，正浸在溫泉中，女孩閉著眼，正在享受著微燙的水，打開她皮膚上每個毛細孔的那種舒泰感。

而就在陽光碰上重力的瞬間，這十歲女孩的眼睛陡然睜開。

令人戰慄的是，這女孩的外表雖然極為年輕，但卻有著一雙活數千年，蒼老而陰冷的雙眼。

然後，女孩眼睛瞇起，自言自語起來。

「會輸。」她冷笑。「會輸啊，『那個男人』的女孩。」

溫泉熱氣騰騰，那女孩又閉上眼，神情享受。

「這溫泉好舒服，尤其是像我這樣，這樣活了幾千年的美女，一定要多泡溫泉，才能青春永駐，咯咯。」那女孩嘴角揚起。

但，在裊裊的熱氣之中，卻隱隱看見，那女孩的嘴角，兩根冷藍色，尖端倒鉤的獠牙，正慢慢的伸長。

而且，那兩根吸血鬼之牙，又長又利，竟然比吸血鬼女還要長上好幾公分！

這十歲女孩的道行，比吸血鬼女孩要高嗎！

她是誰？

在溫泉中，泡著她千年身軀，恐怖實力還在吸血鬼女之上的女孩，到底是誰？

是的，吸血鬼女輸了。

因為，陽光沒有抵達瑪特的身軀，沒有，象徵著光明與能量的陽光，竟然沒有半絲能碰觸到瑪特這堅冷高傲的身軀。

為什麼？

因為另一個物理現象發生了，這物理現象曾被科學家記載過，也被觀測過，但從未有人證實過它的真實性，那只是天文學家的臆測。

那就是黑洞。

黑洞，就是重力的極致，而黑洞之所以黑，就是所有的光到了黑洞前，就全部扭曲，彎折，然後失去了光線原本直線的特性。

這樣的情況，竟然在這裡發生了，因為吸血鬼女的陽光，都在天秤之前，慢慢的歪折，扭曲，最後，在瑪特身邊，穿了過去。

「陽光折了？為什麼？」吸血鬼女語氣帶著無法掩飾的驚訝。

「因為重力，原本就可以折射陽光。」瑪特一笑，「當然，也要夠強的重力才行，不然，妳以為宇宙中的黑洞，是怎麼來的？」

「妳……」吸血鬼女感到戰慄，這個北埃及之王，這個連續蟬聯十三次的黑桃女王，瑪特，未免，也太強了吧！

在埃及神祇中，除了女神伊希斯與阿努比斯之外，竟然還有這樣一個角色？三大文明古國之首的埃及，果然深不可測。

「光沒用了，那，就換我攻擊了喔。」瑪特眉毛一抬，手上的天秤陡然一震，重力的影響範圍，突然往外擴大。

而吸血鬼女的實際軀體也在此刻，從原本透明的陽光中，被震了出來。

吸血鬼女被震落於地，她在地上滾了兩圈，還沒起身，就急忙大聲尖吼，「回來！陽光！快回來保護我啊！」

她急，因為她知道，瑪特的攻擊速度，她急，也因為她清楚，瑪特絕對不會放過任何一個秒殺敵手的機會。

陽光，快！回來！保護我啊！

而幾乎是同時，瑪特的手掌已經來到了吸血鬼女的面前，一公分之處。

手掌心，是純粹的重力，那是可以瞬間將吸血鬼女的面容全部壓碎的絕技，「重力之掌」啊。

「結束。」瑪特冷笑，說完，重力之掌往前一推。

但，隨即，瑪特的眉頭皺起了。

因為，陽光回來了。

是的，吸血鬼女的護身絕技，陽光，終究擁有光的高速特性，在瞬間從黑洞外圍繞了半圈，全部湧向了吸血鬼女。

然後化成了一團太陽卵，將吸血鬼女包裹在其中，而瑪特的掌心碰到了太陽卵周圍，發現，這看似透明的太陽卵，比她想像中更硬，更扎實，這是密度極高的物質啊。

「白矮星？傳說中，當太陽燒盡了所有的物質，會化成密度至高的星球，白矮星，這是太陽的終點，也是最強的防禦狀態。」瑪特縮回了手。「若要打破也行，但會耗去我太多的靈力，吸血鬼女啊，妳果然是一個聰明的女孩。」

「白矮星，妳替自己留這一手，是為了等夥伴來救妳嗎？」瑪特抬起頭，凝視著此刻的夜空。「那我就等著吧。」

「就看看，我這個第一代黑桃皇后。」瑪特的臉上，慢慢的浮現一個充滿自信的笑。「今晚，還會遇到哪一個皇后吧？」

今晚，還會碰到哪一個皇后嗎？

黑榜皇后。

無論是黑榜群妖、地獄政府，甚至是與黑榜群妖第一線戰鬥的獵鬼小組，都公認一件事。

黑榜皇后Q雖然排行在國王K之下，但歷史上一定有不少皇后實力已經超過了K。

他們之所以會排在K的後面，原因很簡單，只是因為這就是撲克牌的排列方式，皇后會排在國王後，但，無論是實力或賞金，皇后都曾經超過國王。

其中一個例子，就是擁有了三千年歲月的超級大妖，九尾狐。

九尾狐首次在人類的歷史中登場，是商朝，據說當時昏君紂王因為用言語侵犯了古神女媧，女媧震怒之下，派出了九尾狐妖蠱惑紂王，並加速了商朝的覆滅。

「這隻狐妖，滅了一個朝代欸。」從那時候開始，這隻狐妖的名聲開始在妖界響亮起來。

但這隻狐妖知道，她並沒有如此厲害，毀滅商朝的，是一個瘋狂的昏君和迂腐的制度，她只是加速滅亡的一個小小因子而已，卻莫名的背負了毀滅一個朝代的惡名。

而且，狐妖非常討厭人家提及「商朝」，更討厭人家提起「紂王」，以及「妲己」這名字，這代表著狐妖非自願的情況下，接受了這個命令，出賣自身肉體只為了替女媧報仇。

她討厭，非常討厭，所以她開始展現妖力，殺敗那些多話的妖怪們。

不過在後來的數千年歲月裡，狐妖背負著滅朝的盛名之下，各方追隨者與挑戰者不斷湧現，雖然讓九尾狐屢次面臨生死關頭，卻也逼她實力不斷的提升。

九條尾巴越練越強，不只掌握了五行，甚至練成了媚尾與擬態尾，最後，連當年差點將她擊殺的姜子牙之劍，都被她收入第八尾，成為她曾經展現過的，最強一尾。

只是，目前為止，沒人看過第九尾。

除了一個男人，他叫做蚩尤。

當時，九尾狐因為某個特殊的原因，而決定暗殺那個男人，九尾狐並不知道對方就是蚩尤，這場架只打了一輪，九尾狐馬上耗盡靈力，當場慘敗！

最後，九尾狐被徹底擊敗，打回了狐狸原形，魁梧的蚩尤還把這隻狐狸，單手提了起來。

「能有這樣妖力的狐狸，妳是那個誰？那個九尾狐？對吧？」蚩尤睜著銅鈴般的大眼，瞪著眼前這隻氣息奄奄的狐狸。「嘿，是我數學不好還是怎樣？我剛算來算去，怎麼只有八條尾巴……妳不會對我還保留實力吧？」

「……」已然變回狐狸身的九尾狐，閉著眼，不說話。

「別不說話啊，妳的名字不是叫做九尾狐嗎？幹嘛不用第九條尾巴？還是其實妳只有八尾？因為九比較好聽，所以取這名字嗎？」蚩尤的大臉湊近了狐狸的眼睛。「我在問妳話啊，狐妖。」

「……」九尾狐依然緊閉著眼，不吭聲。

她知道自己的級數與蚩尤差距大太，真不該對這男人動手的，要怪，只能怪自己竟然被騙了……

「好拗的小妞啊。」蚩尤皺眉，「不對，我的確有感覺到妳還有一條尾巴，妳不想用，好吧，我就幫妳用吧。」

「咦？」九尾狐一聽，急忙睜開眼睛，她發現，蚩尤鼻孔微微張開了，然後哼的一聲，一團灰色的先天妖氣，就這樣從鼻孔中湧了出來。

而且，這先天妖氣不止一團而已，竟然逐漸膨脹，膨脹到數百公尺，然後轟的一聲，從九尾狐七竅與每個毛細孔，鑽了進去。

先天妖氣何等強大，在九尾狐體內亂衝亂撞，就算她擁有修煉的千年的妖軀，也承受不住蚩尤這樣巨大的妖氣，她痛苦的發出尖叫。

「哎啊，別哭得這麼慘嘛！有點痛我知道，誰叫妳不用第九尾……」蚩尤表情有些憐惜，「快了快了，找到了，我找到……欸？」

這聲欸，從蚩尤口中發出，顯得極度驚訝。

「……」

「好樣的！」蚩尤忽然發出大吼，手一鬆，妖氣從九尾狐體內全部竄了出來，這些如滾滾雲海的巨大妖氣，先在空中凝聚出一團牛妖的形態，然後咻一聲，全部縮回蚩尤的鼻孔內。

到底是什麼樣的力量，會讓拿滿天神魔都當早餐的蚩尤，都露出如此吃驚的神情？

而且，就算收了所有的妖氣，蚩尤還退了一步，才穩住身形。

「竟然，嘿，那老頭把這東西藏在這裡啊。」蚩尤吸光了自己的妖氣後，隨即笑了。「真是太有趣了，看樣子，那小狐狸殺不得，殺了就壞大事了。」

「哼！什麼殺不得？」九尾狐落地，小小的狐狸身軀，轉過身子，瞪著蚩尤。

「小狐狸，妳在瞪我啊？」蚩尤眼睛瞇起，蹲下，摸了摸九尾狐的頭。「不過，我還挺佩服妳的。」

「……」九尾狐歪著她小小的狐狸頭，她聽不懂這蚩尤的話。

「妳一定也知道這第九條尾巴很特別吧，就算生命危急，也不肯用，表示妳還滿守信用的嘛。」蚩尤咧嘴笑，「不錯，不錯，妳這小狐妖挺不賴，我喜歡。」

「哼。」九尾狐聽到這，又哼了一聲。

「不打了不打了，妳剛剛弄傷我那些部分，全部不計較了。」蚩尤起身，轉身就走，還對著九尾狐胡亂揮了揮手。

「不計較……」九尾狐吃了一驚，蚩尤明明就知道那尾巴的來歷，竟然反而放過了她？

「別忘了，要好好保護妳的最後一條尾巴喔。」蚩尤邊爽朗大笑，邊大步離開。「不然那老頭發起瘋來，大家就煩惱啦。」

「……」此刻，也是在此刻，九尾狐忽然產生了一絲好奇，對眼前這個蚩尤大妖的背影。

傳說中，在上古與軒轅血戰了七百場戰役，毀天滅地，殺神殺魔眼睛都不會眨一下的第一魔神，蚩尤，怎麼會這麼輕易的放過九尾狐呢？

甚至，他還叮囑九尾狐要好好保護第九條尾巴？這人，真的是天上地下人人懼怕的魔神嗎？還是，其實只是一個愛囉唆的笨蛋？

九尾狐想到這裡，忍不住嘴角微揚。

如果是後者，那還真的滿可愛的啊，笨蛋蚩尤？

時空逆回現在，地點是中正紀年堂，寬闊的廣場上，九尾狐與瑪特正兩兩對峙。

「不要，叫我，妲己。」九尾狐怒極，手一揮，背後五條尾巴盤桓而出，金木水火土五行相輔相成，化成一大團威力絕倫的海潮，撲向了瑪特。

但，瑪特卻只是伸出手，天秤出現。

所有的能量同時偏斜，在瑪特左方五公尺處落地，炸毀了一大片中正紀念堂的瓷磚，卻完全動不了瑪特。

「在我重力之牆面前，所有的能量都無效。」瑪特淡然說。「還有別招嗎？」

「當然還有，第六尾，媚尾。」九尾狐一個迴旋，第六條尾巴竄出，夾著濃郁的芬芳與閃亮的碎晶，攻向瑪特。

「我是女人，媚尾對我有啥用？」瑪特搖頭。

「妳搞錯了，媚尾的功用，可不只是對男生。」九尾狐冷笑。

「喔？」忽然，瑪特感到一陣頭暈，頭暈之後，竟是一股愉悅的感覺湧上心頭，隨之心跳加速，覺得世間一切真是美好。

「這媚尾，媚的是妳的心靈，無論男與女，無論妖或人，無論神與魔，只要擁有心靈者，都會受到媚尾干擾。」九尾狐見到瑪特臉紅心跳的模樣，冷笑兩聲，同時間，木尾與火尾，已經悄悄的鑽到瑪特的背後，就要發動攻擊。

「是嗎？」瑪特眼睛迷濛，「這感覺，挺舒服的啊。」

「舒服嗎？嘿，妳喜歡就好。」九尾狐手一揮，木尾與火尾的尖端同時往下，朝著瑪特的背，刺了下去。

千度高溫的火尾加上堅硬的木尾，木生火，雙尾合一，肯定會讓瑪特吃盡苦頭，甚至終生殘廢。

什麼十三代黑桃皇后？不過也是一個古老而不可信任的傳說而已啊。

「就是要妳知道，一直叫我姐己的下場。」當雙尾落下，震起漫天火花木屑，九尾狐轉身離開。

但，也就在她轉身的剎那，忽然，她察覺到了異狀，是的，是異狀。

而且，異狀就來自她腳底的影子。

影子竟然扭曲了，在此刻明亮的月光下，影子像是被人用吸管吸住，朝著某個方向扭曲變形。

然後，九尾狐聽到一個聲音，就在她身後不到十公分處，那聲音冷冷的說著。

「重力，會干擾光的方向，所以影子會變形，我是不是忘了說這件事？」

「瑪特！」九尾狐尖叫，急忙轉身，但她的身體才轉一半，她就感受到腹部一陣壓力。

這壓力不是推力而已，而是一股驚人的擠壓之力。

這樣的擠壓力，力量絕對且純粹，那是可以將地球的地殼擠出一座大山，將火山擠出岩漿，製造出讓人膽戰心驚地震的，重力。

如今，這重力的能量同樣巨大，但卻濃縮在一個纖細的女子手掌之中，然後一口氣推入了九尾狐的腹中。

說完，重力之掌力量推到極致，九尾狐整個身體彈起。

她輕飄飄的飛起，不斷飛，飛了數十公尺，落地，不動了。

不過，看見九尾狐被擊敗，剛偷襲得手的瑪特，卻沒有一點欣喜的神色，她反而愣愣的看著自己的手心，表情嚴肅。

因為瑪特發現，她的掌心，竟然多了一個傷口。

傷口呈現菱形，宛如劍吻之傷，位在掌心正中央之處，這是劍傷？重點是，這傷口何時出現的？是剛剛自己用重力之掌猛擊九尾狐之時嗎？

所以這也表示，九尾狐也沒盡全力？

「媚尾沒用，這我早就知道了，我只是為了引妳掉以輕心。」

這次，換九尾狐的聲音，在瑪特背後十公分處出現。

「所以，我剛剛殺的，又是妳的第七條尾巴，擬態尾？」瑪特沒有回頭，但她可以感覺到，自己的背部，正傳來細細尖尖的刺痛，那是劍氣。

九尾狐的第八條尾巴，已經蓄勢待發。

這把劍，肯定才是九尾狐的最後王牌。

「對，擬態尾是我保命的絕招。」九尾狐輕輕的笑著。「我們的心機都很深，對吧？」

「嘿，」瑪特冷笑，「五行尾只是誘敵，媚尾也只是誘敵，擬態尾只是佈局，妳的絕招是這把劍？剛剛我們短暫的交手裡面，妳到底用了多少誘敵？」

「全部。」九尾狐嬌笑一聲，「如今，我第八尾扣住妳背心要害，距離又如此近，妳必須承認，妳已經被我逼到絕境了吧？」

「是，妳不錯，妳算是一個對手，這樣的情勢下，我的重力，的確救不了我。」瑪特冷冷的看著九尾狐，「妲己。」

「就說，不准叫我妲己。」九尾狐咬著牙，隨著怒意上衝，她手一揮。「去死吧！姜子牙之劍，把這臭女人，給我刺成萬年老串燒！」

說完，九尾狐的第八尾從她背後現出蹤跡，那是一柄貼滿了符咒尾巴，而當尾巴一動，上頭符咒片片崩裂，露出了裡面灰藍色，古老但鋒利的姜子牙之劍。

劍脊，飽含了源自古中國專門殺妖滅魔的道術。

劍鋒，凝聚著足以逆殺傳說的無盡殺意。

然後，一鼓作氣，貫入瑪特的背部。

這麼近的距離，這麼強大的威能，這麼精準純粹的一擊，加上九尾狐在不斷被妲己這名字刺激下，所激發的百分之一百二的實力。

這樣的攻擊，的確，可以將瑪特這個十代黑桃皇后，當場斃命於此。

只是，九尾狐的內心，卻仍掛著一絲不安。

那不安，來自於瑪特最後的冷靜。

她還有絕招嗎？還有嗎？

當九尾狐的姜子牙之劍使勁貫出，她卻隱隱聽到了一段話，一段令她全身戰慄的話。

「我會一直叫妳妲己，又何嘗不是一種誘敵？」瑪特的全身上下，已經被姜子牙的劍氣籠罩了，但她的聲音卻依然冷靜如昔。「因為我要妳被憤怒影響，進而忽略一件事，我方，除了我，還有一個。」

「還有一個人？」

「事事聰明絕頂的九尾狐，怎麼會沒想到這件事？」瑪特笑聲傳來，充滿了自信而可怕的笑聲。「那個人，不用在現場，也可以遠端殺人。」

九尾狐這瞬間，感到寒毛直豎。

對，瑪特所在的伊西斯陣營裡面，的確有這麼一個人存在，而那個人，才在十分鐘前，將新竹的實驗室整個摧毀。

然後，九尾狐看見了姜子牙之劍的劍端，反射出一道冷光。

那冷光，是來自高空中，暴力且精準的死光，剛好落在劍鋒之處，也是這死光，讓姜子牙之劍，微微的停頓。

「比爾！」九尾狐尖叫，「該死，殺手衛星的比爾！」

高手對決，生死一瞬，這麼一停，立刻給了瑪特的「重力」，絕佳的反擊機會。

九尾狐看見了，姜子牙之劍，先是被天空的雷射光束阻止，然後在瑪特的重力之掌下，劍彎了，然後折了，最後碎了。

碎成了千百塊晶瑩剔透的劍的碎片。

「姜子牙之劍！」九尾狐見到自己的第八尾，也是一直以來並肩作戰，曾與項羽的奇異一刀，與女神的塔羅牌周旋的姜子牙之劍，下場如此慘烈，她忍不住失控低吼。「你幹嘛老是輸啊！笨蛋！」

「先別哭。」瑪特的手掌，已經按在九尾狐的胸口。

「……瑪特。」九尾狐聽到自己倒抽了一口，好涼好涼的氣。

「這次，應該來不及用擬態尾了吧？」瑪特冷冷的說著，然後重力之掌能量爆發。

沒有半分留手，沒有半分猶豫，沒有半分忍讓，瑪特的重力之掌，百分之百，轟入了九尾狐的胸膛。

九尾狐飛行，然後墜地，墜在滿是劍碎片的瓷磚上。

劍的碎片，原本是她的最後王牌，姜子牙之劍的屍骸。

她躺在地上，看著滿天星斗的星空，她可以感覺到自己身體的血，染紅了她最愛的白色長衫，血不斷流著，身體也隨之冰冷下來。

她輸了。

所以，她要死了嗎？

那個第九條尾巴，那幅蜘蛛、狐狸，與蝙蝠替魔佛梳髮的圖像，永遠不可能被實現了嗎？

而就在九尾狐已然失去自信之際，她感覺到一道影子，緩步而來，最後籠罩在她身上，那是這場戰役的勝利者，瑪特。

「妳會不甘心嗎？」瑪特蹲下，「其實我並非真的贏妳，我靠的是比爾的死光。」

「不會。」九尾狐滿是鮮血的臉，露出淺淺苦笑。「因為，這原本就是妳的計策，用最小的力氣，打敗最強的敵人，而且，就算沒有比爾，妳應該還有別的招數吧？」

「聰明，妳能懂，吸血鬼女也能懂，要殺死你們這些高手，」瑪特輕嘆。「還真的寂寞呢……」

「哼。」

「可惜，我現在就要殺妳了，我不會拖拖拉拉，我不是那個滿肚子義氣的阿努比斯。」

瑪特伸出手，掌面距離九尾狐的臉，約莫一公分。「所以，我現在就要殺了妳，沒意見吧？」

「嗯。」九尾狐看著眼前瑪特的手掌，她閉上了眼。

九尾狐想到的，是蚩尤。

那個笨蛋，現在應該還在台北火車站吧？為深怕自己違背誓言，反而害到聖佛的笨蛋，現在應該還是充滿了義氣的，被困在台北火車站吧？

只是，就算死，也好想死在你身邊喔，好想好想死在你身邊喔，笨蛋蚩尤，九尾狐閉著眼，輕輕的想著。

只是，九尾狐發現，死亡，來得有點慢，瑪特的重力之掌，應該早就來了，應該把九尾狐的臉壓碎，把骨頭磨成粉末，把腦漿蒸發成濃稠的一股氣吧？

但，沒有來，重力之掌沒有來。

為什麼？

當九尾狐微微睜開眼睛，她看見了瑪特，慢慢的收起手掌，握拳，然後起身，語氣是九尾狐從未聽過的冰冷。

「多久了？」瑪特語氣透著一股凜冽寒意。「妳，在這裡多久了？」

誰？誰來多久了？九尾狐感到一股戰慄，是誰在這裡？九尾狐為什麼完全沒感覺到對方的氣息？

只聽到一個稚嫩的童音回答，「夠久了，久到都已經記住妳的招數了，嘻嘻。」

驚人的實力，稚嫩的童音，可怕的身手？這剎那，九尾狐這秒鐘腦海閃過一個名字。

對，黑榜的皇后傳奇中，十三次未被取代的皇后，除了瑪特，還有一個人。

那個人擁有特殊的血統，實力深不可測，殘忍好殺，曾滅亡好幾個同族的村莊，地獄政府發動了超過二十次的大規模圍剿，都完全失敗，連她一根寒毛都沒有傷到。

據說，她最後是被聖佛親手擊傷，才選擇隱遁。

如果是那個人，如果是那個人……她也許真的能和瑪特一戰！

「是嗎？」瑪特的聲音中，出現罕見的嚴肅。「那我看樣子，得真的殺了妳呢。」

「好期待啊，瑪特姊姊。」那童音笑著說。

終於，九尾狐微微抬頭，看到了這童音的真面目，那是一個約莫十歲的小女孩，她血紅卷髮綁成兩個大辮子，一身黑衣，手裡拿著一個泰迪熊。

真正讓人印象深刻的，是她的臉，擁有十歲孩童的身軀，但她的臉，卻佈滿了密密麻麻的皺紋，那是一張數百歲的老臉。

如此可愛的身軀，卻有著如此蒼老的面容，全身散發著陰慘的不協調感，她不是別人，正是黑榜上的紅心皇后。

血腥瑪麗！

今晚，第二個皇后來了。

這次是比鑽石皇后九尾狐等級更高、更強，更有資格戰下黑桃皇后的女中之帝，血腥瑪麗。

而就在瑪特與血腥瑪麗即將對決的同時，重傷的九尾狐咬著牙，移動軟弱無力的手臂，從口袋中掏出了手機。

然後勉力用顫抖的手指，按下一個電話號碼，電話響了兩聲，被人接通。

「九尾狐嗎？」電話那頭，是白老鼠的聲音。「妳還好嗎？對不起，比爾真的很強，我們已經盡力阻止了，但他還是發射死光了。」

「沒……沒關係……你們……沒事吧……」

「輸得很慘，但還好。」白老鼠的聲音帶著苦笑，背景聲音中，是凌亂的電子爆裂聲，「而且，我和小五已經想出辦法反擊比爾了。」

「嗯，那請你們……一定要想辦法……破解比爾的死光。」

「嗯！」白老鼠的電話那頭，充斥著鍵盤聲，電腦火花聲，彷彿身在一個巨大而瘋狂的戰場內。

「不然，就算是血腥瑪麗……要一口氣對上瑪特與殺手衛星，也不會獲勝的。」九尾狐，「可以嗎？白老鼠。」

「……」

「白老鼠？」

「……」

「沒聲音了？」九尾狐放下電話，重重吸了一口氣。「到這時候……好像只能選擇相信了……白老鼠，我相信你……」

我相信你，夥伴。

少年Ｈ？當台北中正紀念堂，這些女性高手，正在爭奪地獄黑榜第一女王之際，Ｈ呢？

他，正一個人走在台中的街道上。

他眼前，是一名黑色長髮的美麗女子，這女子淚眼汪汪，正張開雙手，要阻擋不斷步行向前的Ｈ。

魔佛Ｈ。

「Ｈ，回頭。」那女子語氣懇切，「求求你，回頭，別再殺了，好嗎？」

魔佛Ｈ的腳步絲毫不停，緩緩的往前走著，眼看就要與娜娜正面碰撞了。

「Ｈ，回頭啦。」那女子滿臉淚痕，「就算我娜娜求你了。」

就算我娜娜求你了，Ｈ，回頭啦，別再殺了，好嗎？

地獄滅佛

三個子程式之一的蜘蛛精，竟然不顧自己性命，想要以肉身阻擋魔佛H，她若犧牲，魔佛H的天劫還可解嗎？

但還有誰能救她呢？

第四章　殺手程式

同時間，在台北火車站內，足以改變整個地獄遊戲的兩大強者，依然坐在地板上。

但此刻的地板上，不再是一盤一盤的滷味，而是好幾罐啤酒。

「蚩尤，為何都不說話？」開口的，是黑榜上的梅花 Ace，賽特。「從魔佛出現後，你都只喝酒不說話。」

「……」蚩尤，也就是遊戲中的土地公。「唉，我在想，這件事該究竟如何收尾？」

「收尾？」

「我認識的聖佛，雖然一生不語，內心卻是要命的悲天憫人，他對惡人下手不留情，對好人卻保護得要命，等到有一天他的魔退了，發現自己殺了這麼多人……不知道會怎麼看待自己。」土地公嘆氣，仰頭，就是一整罐啤酒入喉，滿嘴苦澀。「唉，還是過期的仙草蜜夠好喝，啤酒就是少了點什麼……」

「是嗎？」賽特深灰色的眼珠，看了一下台北車站的門外。「但，這個世界上，如果要說什麼事，是連神都做不到的，那就只有一樣……那就是時間！」

「對，就是時間。」土地公苦笑了一下。「就連神也無法改變時間，無法改變自己曾經做過的事，無法救回被自己誤殺的人，無法找回逝去的愛情，所以神也有極限，那個極限，就是時間。」

「沒錯。」賽特苦笑，「如果回到當年的埃及，可以再給我一次機會，我一定會做不同的決定……」

「我何嘗不是，活了好幾千年，都會有些遺憾之事？只是，我怕等到聖僧與少年H退了魔，他們必須面對自己所做過的事，恐怕會選擇窮盡一生去贖罪。」

「嗯。」賽特苦笑。「嘿，蚩尤，這麼多愁善感，實在不像你勒，喝酒啦。」

「喝酒，是啊，好像只能喝酒了啊。」土地公閉上眼，又是一口充滿苦味的啤酒，灌了他滿嘴。

如果這世界上，有一個東西可以逆轉時間，是不是就可以讓這一切不再發生？

但，時間，畢竟是神也做不到，也改變不了的東西。

如果神做不到，那這裡呢？地獄遊戲是否有辦法？

「太難了啊，畢竟現在最接近破關的人，是那個叫做女神的臭女人。」土地公想到這裡，忽然往後一倒，張開雙手雙腳，大剌剌的躺在火車站的地板上。「算了，再想下去，就真的不像我了，但是啊，小狐狸，小吸血鬼，小蜘蛛精，你們三個可要加油，聖佛和H能不能醒過來，真的要靠你們三個啦！」

小狐狸，小吸血鬼，小蜘蛛精，真的就要靠你們啦！

台中，這裡是台中，慘烈，滿是屍體的恐怖台中。

屍體堆中，魔佛H黑色長髮飄飄，宛如黑色火焰，雙足則不停，緩緩的往前走著。

但他的周圍，卻是不斷被強大吸力給拉過來的玩家，這些玩家有的是虛擬玩家，有的則是非現實玩家，有的等級破八十，有的是一團團主，有的是懸賞破千萬的大妖，有的是因為喜愛惡作劇對人類友善的小神，但，無論是誰，他們在魔佛H面前的下場，都只有一個死。

無差別，無選擇，無任何抵抗機會，全部被吸出來，在雙手亂抓亂舞的過程中，化成一團血花，然後在數秒後，變成一團道具。

而在這些人當中，有一隻妖怪道行最深，功力最高，同時也因為她沒有逃走的欲望，所以她沒有被往前扯去。

她直挺挺的站在魔佛H前方十餘公尺前，臉上滿是令人心碎的淚痕。

「H，別殺了好嗎？」她用哭到已經沙啞的聲音，這樣說著，不用說，她就是娜娜，活了五百年的蜘蛛精。

她淚眼婆娑的面前，魔佛H仍往前走著，垂首合掌，宛如慈祥老僧，踏在血腥遍佈的道路上。

當魔佛H距離娜娜剩下十公尺的地方，娜娜突然感覺到一陣風，很燙很燙的風，從眼前吹來，燙到她眼睛幾乎無法睜開。

風越來越燙，燙到她發現，自己的身軀開始融化，而抬起頭，更看見眼前的魔佛H，身體竟然像是一枚炙熱的太陽般耀眼。

娜娜忽然懂了，當這如同太陽般的H，走到自己面前時，自己就會消失。

如同那些想逃但逃不掉，最後化成道具的玩家們一樣，徹底且絕情的消失在地獄遊戲中。

「H，如果這就是你的答案。」娜娜哭著低語。「那我就會接受它。」

十公尺。

娜娜看著眼前刺眼的魔佛H，她忽然想起了，第一次見到少年H，那是在桃園機場吧？當時，她與獵鬼小組等人，一起在機場歡迎古老中國的高手，少年H。

八公尺。

後來，少年H率領她們，追逐織田信長的鬼將軍與僧將軍，一同墜入了地獄遊戲，從此開始了這趟旅程，這段經歷了無數冒險，辛酸，卻因為有著夥伴而深深感動的旅程。

六公尺。

他們訂下了七日之約，娜娜隻身一人去了西方天使團，在天使團她遇到了許多可靠的夥伴，但她的心中，卻從未忘記這個永遠帶著輕鬆笑容，眼睛卻充滿深沉智慧的男孩，少年H。

從未忘記，少年H。

四公尺。

娜娜曾與貓女對決，爭的正是少年H，但娜娜知道，她一直都知道，誰才是能和少年H在一起的人。

因為，只有那個人的死，才能讓少年H如此悲傷，如此絕望，到入了魔，成了殺人無數的魔佛H。

成了讓人好心疼，好心疼的魔佛H。

三公尺。

最後，娜娜張開手，迎向了魔佛H。

然後她嘴角揚起。

兩公尺。

曾經，她好羨慕貓女，但她也不用羨慕了，因為，如今，她也死在少年H的懷中了……

一公尺。

一切都要結束了。

但，也就在此刻，娜娜的耳中，卻聽到一個許久不見，但卻熟悉無比的粗大嗓音。

「妳他媽的娜娜，妳瘋了嗎！」那聲音大吼著，「給我走，和我胖子走啊！」

胖子？

娜娜睜開淚眼婆娑的眼睛，但來自魔佛刺眼的光芒，被一個影子擋住了。

壯碩，略微肥胖，但讓人滿心信任的影子。

「要解H的魔，妳很重要，別死在這裡！」胖子用手臂拱起，猛力朝著娜娜一撞，百分之三百的靈力，瘋狂爆發，化成一尊巨大的尉遲恭神像，把娜娜的身體一口氣撞出了數百公尺。「給我走！走啊」

給我走啊！走啊！

娜娜被這強大的靈力一撞，身不由己往後彈去，過程中，她看著胖子的影子，被背後魔佛H的光給籠罩，然後吞噬。

娜娜落在地上，翻身跪起，然後發出了聲嘶力竭的大喊。「胖子！你在幹嘛啦！你幹嘛替我死！你幹嘛……」

你幹嘛替我死！

但，也在娜娜內心痛到無以復加之際，忽然，眼前的情況再變。

因為，娜娜看見在胖子身旁，又多了兩道影子，這兩道影子瘦長高挑，剛好一左一右夾住了胖子。

「這男人為了一個女人而死，有紳士風度。」一個高挑男子的影子，有著高貴的黑色披風。「咱們好像應該救他一下。」

「贊成。」另一個高挑影子，腰間繫著一把長劍，聲音低沉。「要結束這場地獄遊戲，就需要這樣的人。」

「那好，有共識。」披風男子笑。「那我們就一起，救他吧！」

說完，只見這兩個高挑影子一起抓住胖子的臂膀，然後同時往後一甩。

這一甩，竟然甩出了魔佛H的靈力範圍，甩過了數百公尺，然後落在娜娜身邊。

見到胖子死裡逃生，娜娜又驚又喜，急忙抱住胖子，「胖子！」

「娜娜。」胖子睜開眼睛，對娜娜一笑，那是熟悉的溫暖憨厚笑容。「我也沒死欸。」

「呵，」娜娜說著，眼淚已經無法控制的流下。「你這笨蛋，幹嘛救我，幹嘛不要命了啦！」

「非救不可，妳可是我的老夥伴。」胖子笑著，「不過，剛剛那兩個人，真的好厲害。」

「嗯。」娜娜抬起頭，看著魔佛H，下一秒，娜娜忍不住張大嘴呆住了。

因為，魔佛H，竟然停下來了。

他雙手合十，垂首低眉，就在那兩個高大影子前，首次的停住了腳步。

停步，這可是魔佛H對敵手所致上最高的敬意，這兩名男子究竟是誰？

「怎麼可能？」娜娜滿臉的訝異，訝異到全身顫抖。「那兩個人是誰？竟然，竟然能讓魔佛H停步？」

「我們快走吧。」胖子呻吟了兩聲，起身，就要拉著娜娜往高鐵方向跑去。「他們快要打起來了。」

「胖子，他們到底是誰？你知道？」娜娜被胖子拉著，仍忍不住頻頻回首。

「剛剛他們抓我的時候，我有看到，他們的名字妳一定早就聽過，」胖子不斷跑著。「早在地獄列車時，他們兩人就曾經登場過啦。」

「咦？地獄列車，……」娜娜感覺到背後湧來的驚人戰氣，逼使她不斷發抖著。

那是神等級的戰氣，足以毀天滅世的驚人殺氣。

「象徵蝙蝠的黑色披風，與持劍的太陽國王，當時少年H都曾敗在他們手下。」胖子語氣難掩興奮。「地獄列車上，最強的兩大王者。」

列車上兩個最強者……啊，忽然，娜娜好像記起來了。

那宛如蝙蝠翅膀的黑色披風，以及象徵太陽的國王之劍……他們的身分，已經呼之欲出了啊！

如果是他們，難怪魔佛H會破天荒的停下腳步，因為他們聯手，的確是地獄遊戲中，最驚人的組合啊。

「少年H。」黑色披風的男人，對著眼前的魔佛H，笑著，笑容中可見兩根銳利無比的吸血鬼之牙。「你看起來，比當年地獄列車時，要糟糕很多。」

「……」魔佛H沒有說話，甚至連抬頭都沒有，只是雙手合十，垂首低眉。

「回去吧。」另一個拿劍的男人，右手握住繫在腰間的長劍，聲音低沉，如此說著。「佛，不該如此。」

「……」魔佛H還是沒有回答，但他合十的雙手，分開了。

左手手掌緩緩移動，然後掌心對著眼前兩個影子。

看著魔佛H的左手掌心，兩大強者同時一笑。

「所以，這就是你的答案？」

魔佛，左掌，停住。

然後，兩大強者同時發出大吼。

黑衣男發出大吼，張大嘴，兩根吸血獠牙露出，這兩根牙形狀之美，顏色之深沉，宛如千年黑玉，其姿態更勝吸血鬼女與血腥瑪麗。

而另一個男人拔劍出鞘，凜冽鋒利的太陽之光，從劍體中暴射而出，強大到足以滋潤大地，也足以毀滅大地，這是曾經征服歐亞大陸的太陽之劍。

吸血鬼之牙，太陽之劍，這是兩大強者的絕招。

他們發出大吼，靈力全開，但在魔佛H的左掌前，他們卻開始往後飛彈，最後撞入了數百公尺外的建築物內，連帶的，整棟建築物順勢倒塌，激起滿天塵石。

塵石飛揚中，魔佛H，又踏出了他的右腳，繼續往前。

被撞毀的建築物中，先是幾塊石頭被扔出，然後身穿黑衣的男人，拍了拍身上灰塵，從大洞中走了出來。

「欸，老頭，你還好吧？」黑披風男子轉了轉脖子，全身散發黑色可視靈波。同時間，另顆石頭被推開，持著太陽劍的男人從廢墟中起身，「不礙事。」

「看樣子，咱們非合作不可了。」黑衣男子看著眼前，正慢慢步行而來的魔佛H。「魔佛H，擁有聖佛與H的力量，可不是普通難搞。」

「同意。」太陽劍男子吸了一口氣。「入魔聖佛，力量絲毫未減。」

「咱們的恩怨也持續三百年了吧？從爭奪聖甲蟲開始，到地獄列車。沒想到，我們會在這裡合作？」黑衣男子一笑，雙眼凝視著前面的魔佛H，說話的對象卻是一旁的男人。「是吧？亞瑟王。」

亞瑟王！這太陽劍男人，就是曾經以一柄劍征服整個歐洲的帝王，更是第一代獵鬼小組的創始者，太陽劍，亞瑟王！

「未曾想過會合作，但，非合作不可。」亞瑟王右手握劍，眼睛仍緊盯著眼前的魔佛H。「德古拉。」

這披風男子，擁有比血腥瑪麗與吸血鬼女更美的吸血之牙，果然就是現存吸血鬼中最尊貴的存在，吸血鬼之祖，德古拉伯爵。

「不過，亞瑟老頭，你覺得我們可以撐多久？」德古拉轉了轉脖子，笑了，兩根美麗到讓人眼睛無法移開的獠牙，反射著月光。

「八分鐘。」亞瑟王單手握劍，劍鋒向前，直指眼前緩步而來的魔佛H。

「十分鐘。」德古拉笑。「你太悲觀。」

「是你太樂觀。」亞瑟王沒有笑，屏氣凝神，注視著眼前的魔佛H。

「賭一把。」

「嗯。」

然後，魔佛H已經到了，而他的左掌，再次朝著兩人，緩緩的往前推。

不知道是錯覺，還是真實情境，魔佛H的左掌前進的路徑上，不斷留下手掌的殘影，殘影轉眼間，已經有了四個。

而當四個手掌同時往前，合而為一之時，一股絕對無法被阻止的力量，也跟著推了出來。

山崩，地裂，天毀，地滅的力量，順著魔佛H的左掌，推出，夾著天地不容的氣勢，直轟向德古拉與亞瑟王。

「計時開始！」德古拉大笑，獠牙散發濃烈黑氣。「十分鐘！」

「計時開始。」亞瑟王劍射出驚人金光。「八分鐘。」

兩大強者，攜手阻擋魔佛，他們是否真能撐到八分鐘？抑或十分鐘？讓娜娜安然離開，讓三個子程式有機會順利會合在一起？

就在雙強會合魔佛H之時，遠處，一場超乎人類想像的奇異戰爭，正悄悄展開。

對決者，是三個男人，分別是白老鼠、小五，以及操縱殺手衛星，讓九尾狐在最後一刻失手的比爾。

而他們三人展開的戰爭，正是搶奪位在超級電腦內的那個程式，「殺手衛星」的密碼。

遠方的太空中，上百個殺手衛星，正以地球為中心的軌道運行著，它們張開宛如翅膀般的太陽能板，貪婪的吸取著來自生命之母「太陽」的能量。

然後，在透過精密的效能轉換，精準的雷射定位，將太陽能量化成一串高速死光，貫穿大氣層，貫穿建築物，然後輕易的貫穿任何一個生靈的頭顱。

「這百來個殺手衛星，正是比爾的絕招。」白老鼠位在新竹，他透過電腦傳訊。「我們一定要搶下這殺手衛星的主導權，不然比爾會成為三個子程式合體的最大障礙。」

「白老鼠，理解。」小五的訊息回來了。「那我們該怎麼辦？」

「只有超級電腦能負荷殺手衛星程式，所以密碼一定藏在裡面，我們得在超級電腦中對決。」白老鼠在鍵盤上輸入了一串指令。

「哈，懂了，你想要放置自己的『駭客程式』進去超級電腦？」

「賓果。」白老鼠手指如飛，「這是我花了好長時間，不斷調整，進化而成的程式，如果我沒猜錯，同樣身為電腦玩家，小五你也有吧？」

「當然。」小五回訊，打出大大的笑臉。「那我們的駭客程式……就直接在超級電腦中見囉！」

「超級電腦見！」白老鼠打完這三個字後，關掉了對話軟體，然後，將所有的電腦效能都給了這個即將啟動的駭客程式。

在黑暗的電腦中，一雙銳利的野獸眼睛，緩緩睜開了。

然後，眼睛開始移動。

這雙眼睛，以超驚人的高速，鑽入了光纖網路之中，然後在光影交錯的光纖中，隱隱映出了這雙野獸眼睛的全貌。

那是一隻老鼠，毛髮全白，奇特的是，牠背部還扛著一門火炮，表示牠不只擁有超敏捷的速度，還具備驚人的殺傷力。

「我的駭客程式，名為米奇。」白老鼠的眼睛看著電腦，看著米奇已經進入了超級電腦中，並展開了搜尋。

而米奇呢，牠鼻子動了動，以牠駭客程式的視角，往上看去。

這裡，就是超級電腦的內部，在白老鼠的眼中，像是由無數灰色金屬方塊堆疊而成的建築物群，有的方塊很大，大如一艘航空母艦，有的方塊很小，只有手掌大小。

事實上，每個方塊都是一個程式，而體積代表的正是程式本身的容量，而外表的硬度則是程式的強度。

有些程式方塊的表面，正閃爍著光芒，有藍，有綠，有紅，正在發光的程式表示正被超級電腦驅動著，而不同顏色的光，則是表示這程式運作的狀態，若進入火熱的紅色光，就代表程式已經逼近負載，反之，若是冰冷的藍光，則是負載相對低。

對米奇程式而言，時間只有十分鐘，這是兩大高手阻擋魔佛H所爭取的時間，更是血腥瑪麗與瑪特戰鬥的最終期限。

他必須奪下比爾的死光，不然，死光這種無遠弗屆的攻擊，將會讓原本就惡劣的情勢，一口氣推到谷底。

超級電腦中，米奇動了動觸鬚，開始沿著一個又一個的方塊，奔跑跳躍。

牠可以找到密碼，因為米奇可以聞出程式與密碼的味道。

「系統程式」聞起來就像是令人飽足的米飯麵食，「遊戲程式」味道重，容易上癮，像是剛炸好的鹽酥雞，「繪圖或計算程式」等工具程式像是冷盤，無法稱之為香氣，氣味冷硬，但懂吃的人就能把它變成美食。

當然，米奇最討厭的，還是「驅逐程式」的味道，也就是俗稱的防火牆，雖然是牆，卻是活動型的程式，他們總是身上帶著血與鐵鏽的味道。

米奇不斷往上奔跑著，鼻子拚命動著，各種味道順著迎面而來的風，不斷鑽進牠的鼻子內，甜的，辣的，帶著濃郁咖啡香的，麵食的味道，彷佛在訴說著，這是一個什麼樣的環境，這是一台什麼樣的電腦，以及，這電腦的主人，是一個什麼樣的個性？

那，那個殺手衛星的密碼呢？

彷彿預感般，米奇腦海浮現了一個字：酒。

那一定是像酒一樣的密碼，濃烈且精純，讓人幾滴就醉。

就是這樣具有強大能量的程式密碼，才能驅動環伺在大氣層外上百台殺手衛星，想到這裡，米奇更奮力的昂起鼻子，尋找空氣中那一絲絲的酒氣。

但，也在此刻，牠聽到了一個腳步聲。

米奇回頭，赫然發現，不，原來不是一個腳步聲，二，三，四，五……竟是八個腳步聲。

因為來者，是一隻八腳的黑色機械蜘蛛，八腳來回踏行，發出八個腳步聲，快速朝米奇方向衝來。

米奇齜牙咧嘴，因為這隻蜘蛛全身散發的，就是米奇最討厭的血鐵鏽味，這蜘蛛就是比爾的驅逐程式！

只見，這隻蜘蛛雙眼發出冷冽紅光，嘴巴陡然張大十倍，一條又濃又臭的汁液，從蜘蛛嘴裡射出，直噴向米奇。

米奇一個靈巧迴身，避開了這隻黑色蜘蛛的汁液，同時間，背後的火炮齒輪轉動了一格。

上膛，對焦，然後發射。

火炮炮口轟出一枚火紅色炮彈，不偏不倚正中這隻八隻腳來回爬行的蜘蛛，蜘蛛轟然炸開，被炸成一大片黑色煙火，往下散落到這一大群電腦高樓大廈的底端。

「這是驅逐程式，我的入侵，已經被電腦發現了嗎？」米奇喃喃自語，一個轉身，四足邁開，奮力在巨大聳立的程式大廈中跳躍奔跑。「那真的要快一點了，酒氣，我隱約聞到酒氣了……」

但，就在米奇不斷往前時，腳步聲又來了，這次腳步聲很多，而且越來越多，越來越多……

多到已經宛如狂風暴雨，沒有半點時間間隙了！

米奇沒有回頭，牠也不用回頭，因為只單憑耳中聽到的數目判斷，牠就知道，電腦中的驅逐程式已經開始集結了。

牠背後的蜘蛛的數目，可能上百，不，肯定上千了。

米奇吸了一口氣，背後的火炮轉了一百八十度，對準正後方，齒輪轉動了一格，對準了後面不斷蜂擁而來的蜘蛛，然後發射。

轟！嘎嘎嘎！

炮火射出，米奇聽到了一陣蜘蛛哀號聲，伴隨著刺鼻的鐵鏽味道。

「四隻。」米奇繼續奔跑，背後的火炮齒輪不再一次一格，改以每秒上百次的速度運轉，搭搭搭搭搭搭搭搭一陣亂響。

同時間，火炮也不斷爆出燦爛的火花，一秒內，彈出了上上百條燦爛的紅色曲線。

當每條曲線到達了終點，都激出一大片火花以及四散黑色的汁液，那些汁液，自然就是驅逐程式裂開而成。

米奇不斷奔跑著，牠有自信，牠是牠主人「白老鼠」耗費數年創造出來的超級駭客程式，所以牠擁有比蜘蛛厲害百倍的破壞火炮，而牠的腳程，更足以讓這些黑蜘蛛望塵莫及。

不只如此，牠更感覺到珍貴的酒器越來越濃，牠肯定離密碼程式越來越近了，只差一點了，就能達到目標了！

「密碼程式，肯定藏在這幾個程式的後面，」老鼠終於確信，那濃烈的酒香的出處，就被埋在數個大小方塊的後面，就在牠要歡呼，準備轉動火炮，對準那幾個擋路的程式方塊，一口氣破壞掉之際……

忽然，牠感到腳底一空，腳底下的程式竟然消失了，取而代之的是一個空洞，而這個空洞讓米奇的動作，停頓了零點零零一秒。

在以數萬位元為單位的運算速度，這零點零零一秒的損失，絕對足以致命。

「啊啊啊，陷阱？」米奇慘嚎，接著牠感到背部一黏，被整個往後扯去。

米奇回頭，然後牠倒吸了一口涼氣，因為牠看見了背後的景色，那壯闊到令人戰慄的瘋狂景色。

那，已經不是幾十隻黑蜘蛛部隊而已，那絕對足以稱上「黑蜘蛛之海」了！

十萬，不，也許超過五十萬的驅逐程式，化成黑色的機械蜘蛛，已經追到了米奇的後面，而最前頭一隻黑蜘蛛，終於靠近了米奇，射出了黏液，逮住了米奇。

米奇感到驚恐，因為牠知道自己一旦被往後扯，掉入了後方這綿延無盡的五十萬黑蜘蛛之海中，肯定會被這些驅逐程式的黏液吞沒，腐蝕，消化成一對泡沫。

更可怕的是，牠的資訊會被讀取，然後，牠們就會找到牠主人電腦的位置，進而對白老鼠展開暗殺。

米奇拚命掙扎，但仍被越來越多的蜘蛛絲黏住，連火炮也被蜘蛛絲封口，米奇的行動力盡失，眼看，就要掉入背後的黑蜘蛛海中。

可惡，只差一點了，米奇怒吼，牠已經找到散發濃烈酒香的密碼程式了，只差一點，就拿到了啊！

就差一點了啊……

此刻，在新竹電腦前，白老鼠用力敲了一下鍵盤，發出怒吼。

「除了驅逐程式，竟然還在密碼旁邊，擺下陷阱。」白老鼠憤怒的大喊，「該死。」

同時間，白老鼠眼睛看向了電腦右下角的時間，五分鐘，從米奇程式進入超級電腦開始，時間已經過了五分鐘。

再五分鐘，魔佛H就可能擊敗德古拉與亞瑟王，從台中來到新竹，而中正紀念堂的血腥瑪麗與瑪特的對決，更可能因為比爾的殺手衛星，讓戰局再次顛覆！

「還能做什麼？」白老鼠雙手抓著頭髮，瞪著螢幕，喃喃自語，「我還能做什麼？」我還能做什麼？就在白老鼠無奈與自責之際，忽然，他發現了，就在螢幕上，米奇程式的旁邊，多了一個紫色程式的光點。

那紫色的程式像是揮舞著什麼，當它往前移動一步，所有的驅逐程式，就往後退開好幾步。

最後，紫色程式破開層層驅逐程式，與米奇程式會合了！

「那是……」白老鼠發出驚喜的聲音，因為他已經猜出紫色程式的真實身分，「小五！好樣的啊！這小子，他的駭客程式，等級可一點都不在我的米奇之下啊！」

戰場，再次回到虛擬的超級電腦內。

在散發酒氣的密碼程式之前，米奇程式因誤踩中比爾埋下的陷阱，被數十萬隻驅逐程式捕獲，眼看就要被分解成泡沫時，夥伴，終於來了。

紫色，一個全身紫色的士兵，戴著頭盔，只露出一雙眼睛，背後扛著一把宛如青龍偃月刀般的長大刀，悄悄的出現在這些程式大廈的高處。

然後，他拔出了背後的大刀，用力往下一縱。

刀舉起，迎著風，迎著電腦內宛如月光般的LED燈光芒，直接劈向那滿地亂爬的五十萬驅逐程式。

刀鋒劈落地。

上千隻黑蜘蛛同時離開了地表，然後在空中爆成爛泥。

所有的蜘蛛同時回頭，他們驚駭的發現，還有一名入侵者。

那紫色小兵眼中露出非笑似笑的得意神情，然後大刀舞動，每一刀，都是上百隻黑色蜘蛛飛起，在空中炸成一點都不燦爛的黑色泥巴。

紫色小兵不斷揮刀，蜘蛛們來不及集結，就被紫色小兵衝破防禦，與米奇程式，會合了。

米奇程式也在此刻一個翻身，背後的火炮，又是一秒百枚炮彈射出，數百條美麗的亮紅色拋物線落地，又是百來隻驅逐程式化成粉末。

「快走。」紫色小兵拉著米奇，「驅逐程式是殺不完的，我們得快點找到那個密碼程式。」

「吱，沒錯。」米奇程式也轉身，跳上了程式方塊，朝著酒香最濃烈之處，狂奔而去。

「跟我來，我知道密碼在哪。」

「就靠你了。」紫色小兵緊追在後，不時回頭，手揮，一刀橫飛而去。

一刀橫飛，十來蜘蛛裂。

再刀橫飛，百來蜘蛛碎。

三刀橫飛，千來蜘蛛爆。

就在紫小兵和他青龍偃月刀的掩護下，米奇程式終於再次回到了密碼之前。

「吱，小心，陷阱。」米奇想起剛才險境，身體一低，火炮射出，在地上炸出一片火海，火海中，原本空洞陷阱紛紛塌陷，露出了最後真正的道路。

看似安全的廣場，事實上，能通行的只有一條曲折細長的小路。

「厲害。」紫小兵比出大拇指。

「過獎。」米奇程式吱的一聲，四足邁開在火海中跳躍，終於，跳到了那散發濃烈酒香的密碼之前。

這程式果然與眾不同，外型並非灰色方塊，而是一個酒甕。

酒甕的外型，是元朝瓷器釉裡紅的顏色，紅中帶橘，乍看不精緻事實上卻充滿藝術氣息的獨特柚色。

「厲害的程式，氣味就是非同凡響。」米奇吱的一聲，跳到了密碼前面，一矮身，就要將酒甕扛到肩上，徹底結束這場駭客之旅。

只是，就在牠要動手扛起的瞬間，牠卻愣住了。

因為牠發現，牠臉前方的兩公分處，一條美麗但驚聳的刀鋒弧線，正對著牠。

而這弧線的來源，不是別的，正是剛剛與牠攜手闖過驅逐程式的夥伴，紫小兵手上的青龍偃月刀。

「吱！」正當米奇不解，但才一回頭，另一幅令牠更不解的景色，直接映入牠的臉。

背後，還有一個紫小兵，同樣拿著刀，指著前方。

紫小兵，竟然有兩隻？

兩隻紫小兵一模一樣，只露出雙眼的面具，還有那隻威武的青龍偃月刀，都是一模一樣。

而且，這兩隻紫小兵顯然是敵對的，他們的刀，散發著濃烈的殺氣，彼此對峙。

「吱，這是怎麼，怎麼回事？」米奇用牠小小的鼠爪，搔著自己的鼠頭。

「這是比爾的防禦程式，他複製了我。」這時，其中一個紫小兵說，「白老鼠，聽我說，我才是真正的小五。」

「不是，我才是真正的小五。」另一個紫小兵開口，手上的刀，直指著另一個紫小兵。「要相信我。」

「吱，吱，」米奇試圖在混亂的腦中，找到一絲頭緒，「要分出誰是比爾的程式，還不簡單，只要誰和我一樣，想帶走密碼程式就好……」

「不對。」一個紫小兵的眼睛，瞪著米奇程式，眼中帶著敵意。

「吱，不對？」

「我又怎麼知道，你是真的白老鼠程式？」

「吱，我？」米奇一呆，然後，牠聽到背後傳來一個聲音，細細長長，就和牠的叫聲一模一樣。

吱。

米奇感到渾身戰慄，牠慢慢的，慢慢的回過身子，然後牠看見了，牠。

一模一樣的軟白毛，一模一樣的尖鼻子，還有一模一樣的揹上火炮。

米奇程式，也還有一隻？

「對啊，我怎麼知道你們兩個誰是真的？」紫小兵咬著牙。「如果弄錯了，不只是丟了密碼程式，可能連性命都沒了。」

此刻，兩兵兩鼠，兩紫兩白，兩真兩假，正彼此對峙著。

而底下，則是不斷靠近而來的蜘蛛腳步聲，五十萬隻驅逐程式已經追了上來，必須要決定了。

誰是王？誰是鬼？必須馬上就要決定了！

電腦螢幕前，白老鼠呆住，然後他急忙用別的通訊軟體，試圖溝通位在淡水的小五。對方，卻沒有回應。

「被切斷了？」白老鼠雙眼瞪著螢幕，眼前的狀況的確超乎他的想像。

因為他對自己花了數年，不斷修正缺陷，不斷強化功能的「米奇程式」非常有信心，這程式可以在超級電腦中找到密碼，更能與數十萬驅逐程式周旋，論技能，論戰力，米奇絕對是程式中的「超級程式」。

當白老鼠看到小五的紫色小兵，其實也有相同的感覺。

這隻紫色小兵，絕對是另一個程式界中嘔心瀝血的「超級程式」。

兩個「超級程式」聯手，這世界上，絕對沒有偷不走的密碼。

但白老鼠萬萬沒有想到的是，比爾替殺手衛星密碼所裝設的最後防禦，竟然就是一模一樣的兩個程式。

觀察，模擬，到複製，這個比爾果然是天才，竟然一下子就複製了白老鼠與小五數年的心血，創造出兩隻一模一樣的超級程式！

因為，還有什麼比「超級程式」更能對付「超級程式」？

「怎麼辦？」白老鼠眼睛忍不住再次瞄向右下角的時鐘，兩分鐘。

距離十分鐘期限，只剩下最後一百二十秒。

「要決定了。」白老鼠咬牙，再次敲下鍵盤。「不管怎麼樣，都非賭不可了。」

此刻，又回到虛擬的超級電腦世界中，這個由數萬個大大小小金屬方塊堆疊而成的大廈群中。

某棟大廈的下方，聚集了一整片駭人的黑色蜘蛛海，超過了五十萬隻蜘蛛，不斷沿著大廈往上爬，牠們的目的，是大廈中的某個不起眼的小洞。

小洞內，藏著一壺飄著酒香的酒，而酒周圍的火海中，兩人兩獸，四目八眼，正彼此警戒。

兩隻手，兩隻爪子，也都抓在那瓶酒甕上。

這酒是殺手衛星密碼，不只是他們來這裡的起點，更是唯一的終點。

「吱，黑蜘蛛要上來了。」其中一隻米奇程式這樣說著。「時間不多了。」

「沒錯，」其中一個紫小兵也開口。「剩一百二十秒，我們非決定不可了。」

「吱，那我們用最簡單的方式。」另一隻米奇程式說。「那就是打吧。」

「對。」另一個紫小兵眼睛瞇起，「這是最直接的方式，數到三，我們就把自己認為可能是敵人的人，給殺掉吧。」

「三。」

兩隻手，兩隻鼠爪，握在酒甕之上。

呼吸沉重。

「二。」

四雙眼睛，八枚眼珠，互相瞧著，都希望在對方身上找到任何蛛絲馬跡。

是敵是友的蛛絲馬跡。

「一。」

紫小兵握刀的手，握緊。

白老鼠的火炮，開始發燙。

然後，「零。」

只是在零之前，米奇忽然張開口，喊出了一句話，也就是這句話，讓另外三個人，出現了兩種截然不同的反應。

兩種，截然不同的反應。

時空，拉回新竹，兩隻米奇程式與兩個紫小兵倒數對決之前。

白老鼠，正抓著滿頭亂髮，呼吸急促。

「三。」螢幕上，開始倒數。

「我一定得想出辦法，分出敵與我？這樣近距離的四方攻擊，只要我和他其中一個判斷錯誤，就肯定是全滅的局。」白老鼠咬著牙，「一定有辦法的，對方是比爾，就算他是天才，能百分之百複製超級程式，但無論如何，程式本身，都會有留下程式設計者的影子。」

「二。」第二個倒數逼近。

「比爾的影子。」白老鼠苦思到眼睛泛紅。「陽世之時，這個超級天才，曾做過什麼？遇過什麼人？以及，最喜歡什麼？最討厭什麼？一定會影響到他創造出來的程式。」

「一。」最後一個倒數。

「到底，是什麼？」忽然，白老鼠腦海浮現了一個畫面，那是一個水果，就是這水果，讓比爾生前深惡痛絕。

於是，白老鼠鍵盤急敲，讓米奇程式，說了這麼一句話。

也就是這句話，讓另外三個程式，出現了兩種截然不同的反應，這句話是這樣說的……

「我愛，蘋果。」

「我愛，蘋果。」

超級電腦的虛擬世界中，米奇程式在最後一個倒數數字後，突然喊出了這四個字：

我愛，蘋果。

一聽到這句話，另外三人，頓時被區隔成兩種完全不同的反應。

一個紫小兵，一隻米奇，先是一呆，然後無可避免的，露出痛恨的表情。

這份痛恨，來自比爾還在現實世界中的宿敵，那個宿敵也是天才，甚至可能是唯一一個可能超越比爾的天才，那個宿敵姓賈，他創造了蘋果這樣的電腦與手機，從此改變了整個世界，更改變了所有人類對手機的使用習慣。

而那個宿敵的關鍵字，正是蘋果。

一個被咬了一口的蘋果符號。

當紫小兵與米奇都露出痛恨神情時，另一個紫小兵笑了，因為他也懂了。

和第一隻米奇程式一樣，都懂了。

「零。」

最後倒數結束，兩把刀，兩尊炮，同時出手。

敵我已經分出來了，剩下的，就是收拾殘局了。

新竹，電腦前的白老鼠。

忽然，螢幕一閃之後，陡然暗下，接著，主機冒出了幾絲火花，在裊裊的白煙中，這台電腦正式宣告死亡。

「我的米奇程式被幹掉了嗎?哎啊。」白老鼠笑了兩聲，「可以理解，誰叫我喊出我愛蘋果這句話，比爾的兩個程式，一定先朝我的米奇頭顱猛轟吧。」

「不過，這也表示我把所有的炮火全部引過來了，接下來……」白老鼠嘴角揚起，「就看你啦，小五。」

「小五，加油，」白老鼠抬起頭，看著天空的藍天，「一鼓作氣，把殺手衛星的密碼帶回來吧。」

超級電腦中，米奇程式的頭顱被轟破，剩下小五的超級程式「紫小兵」，他，是否真能如白老鼠所預料的，將殺手衛星密碼給帶回來呢？

戰局，詭異萬變。

另一頭，中正紀念堂兩個女王的對決，也在此時，進入了高潮。

第五章　誰是女王之二？

台北火車站內。

土地公沉默的吃著眼前的鹽酥雞，一口一口，沉默的吃著。

這時，賽特終於忍不住，在塞了一大口炸魷魚後，開口道：

「別吃了。」賽特握住土地公的手，語氣懇切。「我們從好幾集以前，就一直吃滷味，喝啤酒，現在又吃鹽酥雞，炸魷魚，別吃了，光坐在這裡，我都覺得自己胖十公斤了。」

「……」土地公搖了搖頭，手一揮，一個手提電話出現在他手心，只聽他對著電話說著。「外賣嗎？我還要十份北投的蓬萊排骨酥，再來十整份超大漢堡。」

「別，別再叫東西來吃了，好嗎？」賽特緊緊抓著土地公的手，強大猛烈的魔氣，在賽特掌心中浮現，他顯然用了真力。「別，別再叫吃的了。」

「……」土地公不回答賽特，又繼續點餐。「再來十份蚵仔煎，十份炒米粉，十個肉圓，十根烤玉米，十塊炸雞排，十顆阿給……」

「別，訂，啦！」賽特大吼，黑色的可視靈波猛然炸開，朝土地公的手直燒而去。

賽特，這名列黑榜梅花A的埃及古魔神，力量之強，威能之猛，絕對足以毀天滅地，如今情急之下，更是發揮了將近全力。

只是，他的威猛，卻只是曇花一現。

因為，他的臉凹陷，被一個拳頭，給摜了進去。

這拳頭，當然是土地公的。

只見土地公的頭頂浮現兩根粗大彎曲的牛角，面目猙獰，灰色可視靈波如狂風暴雨，強壓住了賽特的黑色靈氣。

賽特頭顱爆開，爆成一大片沙子，而這些飛舞的沙子，在距離土地公五公尺的地方，重新聚合。

一個全新的賽特，又再次誕生。

「你來真的，蚩尤，」賽特一抹滿臉的沙子，這一抹，還不小心把自己的鼻子給抹下來了。「你真的動手？」

「別煩我。」土地公盤腿坐下，張開口，把整袋鹽酥雞，咕嚕咕嚕全吞下肚。「我現在很煩。」

「因為聖佛的關係？」

「不只。」

「不只？」

「不只啊。」土地公吃完了鹽酥雞，還抓了六罐啤酒，微用力，六個拉環同時彈起。「除了聖僧那老頭，還有少年H，還有九尾狐，還有獵鬼小組，還有那些黑榜上還算有良心的人物……再這樣下去，他們，他媽的會全死啊。」

「嗯……」

「但我卻因為天劫限制，沒辦法出手。」土地公咬著牙，頭一仰，六罐啤酒一口氣被他的大嘴吞盡。「真是煩死我了，煩死我了！煩死我啦！」

「哈，蚩尤啊，哈哈。」

「幹嘛笑？」

「你變了欸。」賽特眼睛瞇起，看著眼前快要抓狂的土地公。「現在的你，根本不是在黑榜上唯我獨尊的黑桃A了喔，你反而像是一個擔心小孩的爸爸，是什麼改變了你？」

是什麼改變了我？

土地公一愣。

是九尾狐？是少年H？還是……明明就不喜歡爭勝，但堅持不肯被蚩尤打敗的……聖僧？

想到這，土地公突然又突然揮拳，下一秒，賽特的臉又凹了進去。「吃東西就吃東西，那麼多廢話！」

賽特的臉，又在滿天飛舞的沙中復原，他摸著臉，邪惡的臉此刻卻充滿無奈，「現在是怎樣？我好歹也是滅了埃及的魔神，怎麼在這裡，老是被當成沙包打啊？」

台北城，中正紀念堂。

兩大女王的對決，已然展開。

而躺在地上的九尾狐，則成為這場奇異戰鬥的唯一見證者。

看著她們，九尾狐，這個曾經以美色與靈力，顛覆商朝，更在漫長的三千年歲月中，錘鍊自己九條尾巴成為鑽石皇后的女人，第一次，對同為女人的瑪特與血腥瑪麗感到折服。

「原來，剛剛就算沒有殺手衛星的死光，」九尾狐喃喃自語著。「我，也不會是瑪特的對手。」

九尾狐目不轉睛的，看著眼前的戰況，深深嘆氣。「原來，瑪特剛剛並未拿出全部實力，不過，也只有血腥瑪麗，才能把瑪特逼到……這種地步吧！」

十分鐘前，先出招的，事實上，是血腥瑪麗。

一頭金色卷髮，身材宛如十餘歲幼童，但卻有著一張滿是皺紋的老臉，集陰森，詭異，邪惡的女人，她出爪了。

她才一出手，九尾狐立刻打了一個寒顫，好冷。

在血腥瑪麗出手一瞬間，氣溫彷彿瞬間降低十度，明亮的月光陡然晦暗，有如躲藏在黑暗深處的惡鬼，都一起附上了血腥瑪麗的五爪之中。

「這是什麼？」瑪特微微皺眉，依然不改她的雍容姿態，手一翻。

一股強烈靈力在她掌心匯集，然後平平往前推。

這往前的過程，雖然只有短短不到一秒的時間，卻可感覺空間在她的掌心前方扭曲，強大壓力直直壓迫向吸血鬼女的五爪。

重力之掌。

就是瑪特的重力之掌。

重力之掌乍看之下平實，威力卻厚實到出乎想像，讓強如九尾狐都只能犧牲一條擬態尾來承受瑪特的重力之掌。

但，如此強大的重力之掌，碰到了血腥瑪麗的五爪，雙方卻是同時微微一頓，地面隱隱一震，天上的雲也在這一瞬間，同時由亮轉暗，然後，雙方同時露出詫異的神情。

因為血腥瑪麗的五爪指甲在硬撼重力之掌時，五爪的指甲竟然同時碎裂，甚至翻開，沾了滿手的鮮血。

而瑪特呢？事實上也沒有好到哪裡去，原本無堅不摧的手掌，如今多了五個鮮血淋漓的小洞，顯然是被血腥瑪麗的爪子，給劃出來的。

「這是什麼？」瑪特看著自己的手掌，表情詫異。

「幽冥之爪？」血腥瑪麗臉上浮現那妖媚的笑，但笑中難掩詫異。「我這爪，可是殺了不少成名大妖，連四大種族中號稱防禦最強的龍鱗，都吃不了我一爪，妳竟然可以和我鬥一個旗鼓相當？」

「幽冥之爪？」瑪特慢慢握拳，血，順著她的指縫，緩緩滴下。「沒想到，我的重力之掌，會遇到實力相當的對手啊。」

「重力之掌，我記住了。」血腥瑪麗淡然一笑，左爪已傷的她，右爪舉起，對著瑪特。「那再來。」

瑪特凝神，卻見到眼前身材如幼童的血腥瑪麗，背後慢慢伸出了兩道翅膀。

這翅膀又大又寬，邊緣薄如利刃。

「吸血鬼之翅？」瑪特慢慢吸了一口氣，笑了起來。「妳的翅膀，硬生生比吸血鬼女大了一倍啊。」

「等級不同啊。」血腥瑪麗滿是皺紋的老臉。「我的翅膀，可是有德古拉老師的九成大小哩。」

「喔。」

「還有請記住，」血腥瑪麗慢慢低下頭，眼朝前，滿臉陰森猙獰。「吸血鬼的翅膀，可不只是用來飛而已。」

說完，這對翅膀陡然往前收攏，覆蓋住了血腥瑪麗的身軀，當翅膀再次打開時，血腥瑪麗已然消失了，連翅膀都化成兩道淺淺黑影，消失在此刻月光下的中正紀念堂廣場。

「消失了？」瑪特慢慢往前走了一步。

忽然，她感到左臉一涼。

基於直覺，她僅存的左掌化成重力之掌，拍了過去。

砰的一聲。

涼的感覺消失了，取而代之的，是她左臉的一條火辣爪紋，以及爪痕上，那慢慢淌下的一滴鮮血。

「好樣的。」瑪特臉部由輕鬆轉為凝重。「這偷襲不只有速度，還有幻術啊？」

血腥瑪麗仍未現身，但瑪特周圍的月光卻是忽明忽暗，溫度更是時而溫暖，時而凜冽，地上的影子，更是時而張牙舞爪，時而陰沉無光。

瑪特知道，血腥瑪麗操縱的不只是速度，她透過黑暗與詭異的身影，創造了一個恐怖的空間場，在這空間場之中，當風吹來，當月光影子顫動，都像是血腥瑪麗悄悄展開了偷襲。

任何敵人，只要深陷在這樣的恐怖場中，在恐怖感與精神壓力下，更容易因為判斷錯誤而被血腥瑪麗一擊瞬殺。

想到這裡，瑪特感到背部微微一涼。

這瞬間，爪子，又來了。

幽冥之爪，就這樣順著瑪特纖細的背脊，柔柔的滑了下來，滑下來時雖輕柔，但只要往前半分，瑪特就是背脊被剖的橫死之禍。

瑪特左掌急回，重力掌威力絕倫，再次逼退了血腥瑪麗。

黑暗中，只聽到血腥瑪麗發出了一聲鬼魅般的輕笑，又消失在忽明忽暗的月色中。

「恐怖場的關鍵，絕對不只那對翅膀……啊！」瑪特咬著牙，連一向冷靜謹慎的她，也被接連兩次偷襲弄到心神戰慄。「還有，蝙蝠的回音嗎？」

「聰明……」血腥瑪麗的笑聲，在這片恐怖場中迴盪著。「但是妳猜中又怎樣？妳以為妳能逃出我的攻擊嗎？」

「哼，是嗎？」瑪特高傲的昂著身體，在這片隨時可能喪命的恐怖場中，瑪特卻依然維持著冷靜與自信。

難道，她還有絕招？

「當然有。」瑪特慢慢的蹲下，左手貼在地上，一個銀亮色的天秤，就這樣從地面上浮出。「別忘了，我管的是重力，妳有妳的恐怖場，我當然有我的……重力場。」

重力場。

就在這一剎那，地板石磚以天秤為中心，往外微微龜裂，龜裂處，剛好是一個二十公尺的圓。

「一百倍重力。」瑪特低吼。「給這個亂飛的蝙蝠，給我抓下來！」

也在這一剎那，圓內，一對黑色大翅膀陡然出現，翅膀更是顫抖了一下，直接從空中墜地！

一落地，立刻出現血腥瑪麗的原形，她雙腳落地，宛如多了千斤體重，砰的一聲沉響，竟把地面踩出了兩個清晰腳印。

「二十倍重力，讓妳身體沉重二十倍，看妳怎麼飛？」瑪特見狀，嘴角揚起，同時間腳往前一踩，速度快如閃電，左掌順勢往血腥瑪麗的頭顱擊了下去。

「就這樣？也還好嘛。」血腥瑪麗表情卻依然冷靜，同時間她翅膀再次展開。然後，瑪特的左掌，竟然擊空了。

「這樣的重力，還飛得起來？」瑪特表情詫異，一個回頭，左拳再握。「天秤，給我再加到一千倍！」

一千倍重力！等同一個體重七十公斤的人，已經等於七十公噸了，表示原本能負荷七十公斤的肌肉，要一口氣扛下七十公噸，等於一整個貨櫃的重量。

一般人不只行動遲緩，更會因為無法負擔體重而趴在地上，時間一長，甚至連內臟和骨骼都會爛成一團。

但，血腥瑪麗呢？

這個縱橫地獄數百年，讓多任地獄政府和獵鬼小組都束手無策的女魔頭呢？

她的翅膀再次現蹤，她的雙腳又再次落地了。

「這下子，還逮不到妳嗎？」瑪特低吼，催動到一百倍重力，連北埃及之主的她，額頭都已經浮出了一滴汗。

「挺重的。」血腥瑪麗雙腳落地時，不只踩破了石磚，而是連腳踝都陷入其中。「但，妳以為老娘只有這點能耐嗎？」

「閉嘴。」瑪特的左掌已到。

但，可怕的是，再次擊空。

血腥瑪麗竟然還飛得起來，她巨大的翅膀伸張到極限，然後用力一收一放，氣勢萬鈞的往上飛起，轟隆聲中，再次消失在迷濛的月光中。

「一百倍還逮不到妳？」瑪特咬著牙，她用力跺腳，「十成功力，給我變成，一萬倍！」

一萬倍，一個七十公斤的男人瞬間變成七百公噸，變成一台海上航行的油輪。

如此瘋狂的重力下，那對翅膀又再次現身了。

只是這次翅膀沒有振動，沒有任何力氣可以振動了，往下快速落下，落下時，兩對翅膀緊貼在地上，還將石磚壓出兩片巨大的凹陷。

「結束了！吼！」瑪特往上一縱，身為重力操縱者的她，自然不受千倍重力場的影響，她藉著縱躍的力量，由上往下，直轟向地板上的那對翅膀。

翅膀碎裂，完全陷入了石磚之中。

但也在她掌擊下的瞬間，瑪特，這個事事算無遺策，事事掌握其中的女人，卻露出了驚駭無比的神情。

而就在這片帶著驚恐的靜默中，一個笑聲卻異常突兀，那是九尾狐的大笑。「血腥瑪麗，漂亮啊，這招真是又狠又漂亮啊！」

「血腥瑪麗，漂亮啊，這招真是又狠又漂亮啊！」九尾狐的大笑聲中，瑪特，聽到了她耳畔，傳來一個輕柔的聲音。

「從心臟穿過去，好嗎？」那聲音又柔又細，像是溫柔的女孩詢問心愛的男孩。「我的幽冥之爪。」

「吼。」瑪特回身，她要左掌自救，因為這是她成為埃及神祇以來，最險惡的時刻之一。其他兩次，一次是對女神，另一次，則是對上阿努比斯，但上兩次她雖敗，都沒因此喪命，可是，這次她對上的可是血腥瑪麗，在黑榜上殺人如麻，惡名昭彰的血腥瑪麗！

但，事實上，真如她所料，果然沒有那麼幸運。

她的心臟，噗的一聲，從她的胸膛透了出來。

五根爪子，五根枯瘦宛如惡鬼的爪子，透出了瑪特的胸膛，爪心是那枚仍在跳動的心臟。

「血，腥，瑪，麗！」瑪特滿臉青筋，嘴角流血，「妳竟然將妳的翅膀撕下來，對我誘敵？」

翅膀撕下來？

原來，在一萬倍重力之下，墜入地面的，只有血腥瑪麗的翅膀？這次的誘敵，也當真誘得夠狠，親手拔下自己的翅膀，為了換取瑪特鮮紅的心臟？

「兵不厭詐，不是嗎？」血腥瑪麗滿臉都是瑪特的血，她舔了舔嘴唇，獰笑。「不過是一對翅膀，換一個對手的心臟，挺划算的啊。」

「哼。」瑪特冷冷的哼著，她感到負責供應她全身動能的心臟，已經越跳越弱，她要死了，她要死了嗎？

不，絕對不會。

因為她是瑪特，所以她還有絕招，還有一個連自己都會畏懼的絕招啊。

台北火車站內。

一直在閱讀，等著十二點的女神，歪著頭，似乎想了一下，才開口。

「阿努比斯。」

「是。」女神背後的黑暗，一個胡狼面具緩緩浮現。

「瑪特，好像不太妙了。」

「是的，瑪特，不太妙了。」胡狼面具聲音低沉。「但……」

「沒錯，她的對手，」女神露出一個古怪的笑容。「好像不太妙了。」

她的對手，恐怕不太妙了？

「是的，」阿努比斯點頭，「因為瑪特平常都挖別人的心臟，所以最討厭別人挖她心臟了。」

「所以，你該去一趟了……」

「……」

「阿努比斯？」女神說到這，突然停住，她已經發現，她背後的胡狼面具，不知何時，已經消失了。

「已經出發了啊，不愧是阿努比斯，一起合作了幾千年，不用多說就自己出發了啊。」女神又繼續埋首回書本中，嘴角慢慢揚起。「瑪特心臟被挖，肯定會暴走，但一暴走，就代表沒有退路了，阿努比斯，你一定得在整個台北被瑪特摧毀前把她帶回來啊。」

中正紀念堂廣場上，瑪特的心臟，被血腥瑪麗的一爪穿過，從前胸透了出來。

瑪特表情猙獰，頭髮凌亂，宛如厲鬼，瞪著背後的血腥瑪麗。「血腥瑪麗，妳可知道，關於我的埃及神話？」

「……」

「神話中的我，專門挖人心臟。」瑪特的臉，充滿殺氣。「挖完，還拿來秤！」

「喔？」這剎那，血腥瑪麗的臉，突然變了。
因為她赫然發現，瑪特的心臟竟然慢慢的消失了。
取而代之的，是一團黑色無光的漩渦。
「還有，宇宙中，最神祕且可怕的自然現象，黑洞，是怎麼形成的？」瑪特的臉，已無原本冷靜，猙獰如猛獸。「那就是重力。」
「哼。」血腥瑪麗低哼了一聲，她表情越來越嚴肅，因為她掌心的那團黑洞，不只將瑪特的心臟吞掉，連帶的，將血腥瑪麗的五根爪子都吃了進去。
五爪消失，血腥瑪麗沒有任何痛覺，但卻有一種比痛覺更驚悚的感覺，那就是空虛感。
彷彿這五隻爪子，從開始就不存在於血腥瑪麗的手腕上，強烈的空虛感，讓血腥瑪麗感到戰慄，那是血腥瑪麗經歷了千年戰役後，從未感受過的感覺。
「血腥瑪麗啊，讓我的心臟化成黑洞，要耗掉五百年的靈力。」瑪特咬牙切齒，表情淒厲。「我會讓你後悔！後悔與我戰鬥！」
「哼。」血腥瑪麗沒有說話，同時間，她開始感到周圍環境，因為這團黑洞，而產生了異變。
黑洞，像是一頭無窮無盡的飢餓野獸，不只開始吞噬血腥瑪麗的身體，當它形成的剎那，整個中正紀念堂都產生了異變。
磚瓦，牆壁，老樹，鳥獸，都被一口氣吸了過來，就如魔佛H明明就安靜散步，卻能將四方躲藏的玩家全部都給抓來一樣。

這些從四面八方被吸來的物質，在碰到黑洞的瞬間都開始扭曲，扭成了薄薄的一片，接著又如同毛巾般往前扭動，最後扭入了黑洞的核心。

然後，從此消失。

而且這黑洞不只吃四周的物質，連風和月光，都一口氣吸了進來！

所以周圍狂風大作，月光也因次黯淡下來。

見到這種狀況，九尾狐知道不妙，急忙運起靈力，重傷的她，九條尾巴用了五條，形成能量罩，加上站得較遠，才勉強抵抗住黑洞的吸力。

九尾狐因為距離而逃過一劫，但血腥瑪麗可就沒那麼幸運了。

因為，她的爪子才穿過瑪特，換言之，她和瑪特的距離，是零。與黑洞的距離，也是零。

血腥瑪麗表情雖依然冷酷，但從她額頭上浮現了汗珠，知道她已經耗盡全力了。

她的對手可是黑洞，宇宙中的饕餮，連太陽都能拿來吞噬的怪物！

「血腥瑪麗啊，」瑪特全身是汗，表示她也到了極限，「我交手過的對手中，只有兩人能抵抗這絕招，一是女神，二是阿努比斯，妳就乖乖被吃掉吧！從地獄遊戲中退場吧！」

「……」血腥瑪麗咬著牙，她可以感覺到，消失的已經不只是五爪，現在連手臂、胸口，都一點一滴的變薄，開始扭轉，就要轉入這可怕的黑洞中了。

只是，血腥瑪麗畢竟是血腥瑪麗，她不斷催動靈力，竟然這扭轉的動作停住了。

雙方開始僵持。

「還有抵抗力？那我再加碼！」瑪特再次大吼，「再加，五百年靈力！」

再加，五百年。

這聲再加吼聲剛落，整個黑洞膨脹成一倍大，轉速更是加上了一倍，宛如狂風中的風車，快到肉眼無法分辨。

同時間，血腥瑪麗也開始發出了低吟，低吟的聲音雖不若瑪特的大吼如此瘋狂，但卻如同遠方的低雷，雖遠雖沉，卻讓人打從心底恐懼，這是血腥瑪麗全身爆發的證明。

聽著瑪特的怒吼與血腥瑪麗的低吟，九尾狐感到月光消失，大地陷入一片絕望的黑暗，那是兩大女王震怒，所有生物都必須俯首的怒吼。

只是，只是……血腥瑪麗的低吟，終究沒有撐過瑪特以千年修行換來的猛烈絕招。

黑洞開始轉動了。

血腥瑪麗也跟著轉了進去。

先是手臂，胸口，雙手，雙腳，整個身體，扭轉數萬圈之後，就這樣轉入了高速的黑洞中。

當血腥瑪麗被吸入，黑暗中，只聽到瑪特放聲大笑。「哈哈哈哈，哈哈哈。」

瑪特，這個連續十任無人可動搖的黑桃皇后，擊敗了吸血鬼女，又擊敗了九尾狐，最後，連死亡傳說血腥瑪麗，都栽在她以千年修行換來的黑洞中。

全勝，女王悲壯且絕對的全勝。

瑪特搖晃著身軀，在依然瘋狂吞噬物質的黑洞旁，得意的狂笑著。

也在此刻，九尾狐懂了，瑪特之前的冷靜，都是為了壓抑她本性的瘋狂，那宛如黑洞的瘋狂，也只有血腥瑪麗這樣等級的對手，才能喚醒瑪特瘋狂的本性。

「哈哈哈哈哈，哈哈哈哈哈，哈哈哈……咦？」只是，瑪特笑到一半，忽然，停住狂笑，轉頭。「我可是大獲全勝啊，你，來幹嘛？」

九尾狐一呆，順著瑪特眼睛方向看去，她看見了那張面具。

黑暗中，沉默，深沉，潛藏巨大力量的胡狼面具。

阿努比斯！

「阿努比斯，你不乖乖的待在女神身邊，你來這裡幹嘛？」瑪特披頭散髮，聲音癲狂，斜著眼看著那胡狼面具，完全不似平常冷靜如霜的她。

「我來替妳收回黑洞。」

「我？黑洞是我創造出來的，我自己收就好。」瑪特皺眉，「何必要你多事？」

「妳收不回的。」

「哈哈，笑話，我當然能收，我打敗了血腥瑪麗，我已經沒有對手了。」

「事實上，最難定義的部分就在這裡，」胡狼面具說到這裡，聲音語調微揚，似乎帶著冷笑。「就是妳是否打敗了血腥瑪麗？」

「定義？開玩笑，我當然……」瑪特說到這，忽然，像是發現了什麼，慢慢的，慢慢的低頭，她看見了自己的手上，多了一個東西。

那東西，小小的，宛如倒鉤，白色的表面淬著淡淡的藍色，倒鉤彎曲的尖端，剛好勾住了瑪特的手臂皮膚。

「妳應該知道那是什麼？」胡狼面具聲音依然低沉。「如果妳的黑洞心臟是妳的絕招，那這東西，應該就是吸血鬼的寶貝。」

「那女人，那女人，又幹了相同的事，拔翅膀還不夠……」瑪特表情扭曲，且驚恐。「妳他媽的，這女人竟然，竟然，把自己的牙齒拔下來？」

「對，這就是，吸血鬼之牙。」胡狼面具說，「吸血鬼畢生的靈力精華，都在這牙中，而瑪特，妳中了吸血鬼之牙。」

「不，不可能，不可能！」瑪特大叫，伸手要拔下已經穿入自己皮膚的吸血鬼之牙。

但就在此刻，瑪特的手臂卻快了一步，爆開了。

從血腥瑪麗的吸血鬼之牙為起點，瑪特整隻手，像是搖了很多次才打開的汽水，整個炸開。

緊接在手臂後面炸成粉末的，是瑪特的胸口、雙腳，最後是頭顱。

整個人，在短短的三秒內，在吸血鬼之牙絕不容許逃生的恐怖靈力下，炸成了碎片。

而且炸成碎片還不足夠，在吸血鬼之牙靈力的催化下，每片碎片繼續炸，炸成更微小的碎片，微小的碎片炸成更細微的碎片，最後，炸到連分子都不剩了，瑪特，這個曾經讓地獄政府束手無策，曾組成包圍少年H的戰鬥圈，曾被喻為埃及神祇中最強王牌的女人。

就這樣，被血腥瑪麗的吸血鬼之牙，徹底摧毀了。

戰局，以如此高速下逆轉。

原本大敗的血腥瑪麗，留下了牙，讓戰局在一秒內逆轉，兩大女王的對決，結局竟是……兩敗俱傷！

徹徹底底的兩敗俱傷！

而此刻，胡狼面具邁步往前，那是令人熟悉的黑色風衣，令人熟悉的霸氣步伐，以及，令人熟悉的沉默冷笑。

終於，他停步了，停在黑洞之前。

這黑洞，在瑪特消失之後，竟然還繼續存在，繼續吸取著天地間的物質，繼續吞噬風與光。

「第三次了吧？第一次是女神，第二次是我，每次要替這女人收尾，上次是兩千年前吧，當時的黑洞還毀掉三分之一個埃及呢。」阿努比斯嘆了一口氣，手掌打開，咻的一聲，一個發著綠光的金字塔，倏然成形。

金字塔剛好罩住了黑洞，黑洞的強大吸力讓金字塔邊緣一瞬間扭曲變形，但就在阿努比斯輕輕哼了一聲之後，金字塔恢復了原狀，而黑洞，則被金字塔鎖在裡面，慢慢的失去了原本的轉速……

當轉速越來越慢，黑洞也慢慢回到了它本來的樣子，變回了一枚仍在跳動的心臟。

「大概幾個月，就會恢復成瑪特的模樣了吧？」阿努比斯提著金字塔，像是提著一個閃爍綠光的美麗鳥籠，鳥籠中不是鳥，而是一枚仍在跳動的心臟。「真是的，瑪特這個瘋女人，練絕招也不會練負責一點的，老是要別人幫妳收尾。」

最後，阿努比斯轉過頭，看著九尾狐，以及仍在陽光之蛹中的吸血鬼女。

「阿努比斯，妳要幫女神，除掉我們嗎？」九尾狐的眼神帶著恐懼，看著阿努比斯。

她很清楚，自從女神復活，阿努比斯已經完全恢復了原本冥界之神的實力，加上九尾狐又重傷，如果阿努比斯要動手，她絕對難逃一死。

「……」阿努比斯沒有說話，只是朝著九尾狐而來。

「阿努比斯……」九尾狐感到呼吸沉重，看著這個高大霸氣的人影，離自己越來越近，越來越近。

最後，這個人影低下頭，大手朝著九尾狐的臉，伸了過來……

當九尾狐閉上眼，準備等待死亡之際，忽然，她聽到了阿努比斯的手，放下了一個東西。

當九尾狐睜開眼，她訝異了。

那東西，白色，彎曲，表面淬著藍光。

「吸血鬼之牙？血腥瑪麗的吸血鬼之牙？」

「瑪特只靠一枚心臟就能復活，我想，復原力更強的吸血鬼，就算剩下一根牙，也可以恢復原狀吧？」阿努比斯轉過身，聲音低沉。「這牙，就先讓妳保管著吧，然後，快去新竹。」

「快去……新竹?!你的意思是……？」九尾狐看著阿努比斯的背影，忽然，她感到眼眶一熱，那是一股來自胸膛的感動，「你不殺我們？」

「我那個老友啊，他入魔道了。」阿努比斯聲音雖然維持著一貫的低沉，字裡行間，卻有著一種說不上來的沉痛。「你們三個子程式得去幫他，不是嗎？」

「老朋友……」九尾狐輕聲問，「你還是把少年H，當成好朋友？」

「當然，只就算理念不合，我也從未懷疑過『老朋友』這三個字啊。」阿努比斯溫柔一笑。「從未懷疑過啊。」

說完，他就提著綠色的金字塔，踏著沉穩霸氣的步伐，消失在中正紀念堂門外的黑暗中。

「只就算理念不合，我也從未懷疑過『老朋友』這三個字啊。」九尾狐彷彿在品嚐著老酒般輕輕複誦了一遍，才像是驚醒般，急忙躍起。

而同時，吸血鬼女所在的陽光之蛹似乎也感受了外界情況的轉變，開始銷融，當蛹銷融殆盡，吸血鬼女跟著落地。

「快吧！」九尾狐拉起了吸血鬼女，「我們得快！」

「嗯……」

「因為，魔佛H已經到新竹了，那表示……德古拉和亞瑟王這兩大高手，也終於，撐不下去了啊！」

台中城，此刻是一片空無。

始終熱鬧滾滾的逢甲商圈，食物仍熱著，湯仍滾著，甜不辣仍冒著煙，椅子上卻已空無一人。

車水馬龍的中港路，塞車的車陣仍在，引擎仍鳴動著，但車內卻已空無一人。

人潮洶湧的一中商圈，小吃的車子仍在，雞排仍在油鍋中滾動著，但卻已經空無一人。空了。

一中商圈，逢甲商圈，美術館，勤美綠園道，各大高中，各大國中，每條曾經熱鬧且充滿了聲音的人潮集散地，全空了。

不只玩家，連怪物都一起空了。

原因，是因為剛剛有個人走過了這裡，然後離開了。

這個人走過了高雄，高雄淨空，這人走過台南，台南淨空，當他又走過了台中，台中從此之後，再也沒有人跡。

不過，在台中，倒是發生了一件現在看似不起眼，卻曾經是驚天動地的事，這人在這台中城市中，多花了九分鐘。

九分鐘，其實是一枚珍貴的勳章，因為表示，有人能讓這人多停留九分鐘。不長，但難度極高極高，高到，綜觀整個地獄，恐怕不到二十個人能做到。

如今，這兩個該接受勳章的人，正躺在滿目瘡痍的城市廢墟中。

其中一個，有著破爛的黑色披風，小鬍子，黑髮，眼睛深藍的男人，他開口了。

「九分鐘零一秒，」那男人笑著，「怎麼樣，我贏了。」

「不是吧，是八分鐘五十九秒吧？」另一個男人，身上穿著金色盔甲，但盔甲上滿是裂紋，胸口部分更破了一個大洞，金髮，笑起來莊嚴宛如國王。「德古拉，血可以亂吸，時間可不能亂數哩。」

「亞瑟王，什麼亂數？所謂君無戲言，當國王的可不能亂講話！」德古拉大笑。「我記得，最後幾秒時，我的吸血鬼之牙化成一柄長劍，讓聖佛不得不回過頭看我一眼，就是多了那兩秒，我爭取到了。」

「那時聖佛早就知道你的吸血鬼之牙的靈力已然耗盡，絕對傷不了他的，所以他腳步仍繼續，那兩秒不算。」亞瑟王搖頭，「是八分五十九秒。」

「才怪，是九分零一秒。」德古拉這隻成名多年的超級大魔神，與亞瑟王說話，卻顯得輕鬆愉快，像是兩個小男孩在吵架爭辯，也許是因為他們實力相當，更也許是從女神聖甲蟲事件開始，他們鬥了超過三百年，已經熟悉到如老友了。

「雖然是我贏了，但我必須承認，你的戰術的確厲害，翅膀如刃，拳如鋼，爪如刀，尤其是吸血鬼之牙，讓聖佛不只停步，還必須騰出左手來對付你。」

「你的太陽之劍也不錯啊，出鞘時，我真的以為整個城市要先被你毀掉，就是那一劍，逼得聖僧分出右手來對付你。」

「呵。」亞瑟王閉上了眼，「那一瞬間，可真是過癮，你逼出聖僧左手，我纏住聖僧右手，雙方有幾分鐘，還真是勢均力敵，過癮，真是過癮。」

「沒錯，就是過癮兩字！」德古拉閉上眼，享受著剛才血戰的點滴。「到了這個年紀，到了這個等級，還能當一個挑戰者，還真是一件幸福的事。」

「聖僧還真是厲害，我的太陽劍，溫度高達萬度，等同數萬枚核彈，與他纏上第十七劍時，但還是被他用手指夾住。」亞瑟王說到這，吞了一下口水。「聖佛一夾住，手指用力，連折三次，每次劍都快被他折斷，讓我膽戰心驚！」

「是啊，我還真替你捏把冷汗，不過我的吸血鬼之牙也差不多，那是極致的深藍陰冷，任何生物一碰到吸血鬼之牙，全身的血都會凍結的極致陰冷，但聖佛卻伸出了食指，用指尖去抵擋我的尖牙！」德古拉聲音仍帶著些許驚懼。「更恐怖的是，真有那麼一瞬間，我以為自己的牙，會被聖佛的食指戳斷。」

「真是強。」亞瑟王閉著眼，這時，他呼吸微微停住，卻又很快的接續回去。

「對啊，真是強。」德古拉也閉上眼。

「對了，謝謝你在第八分鐘時，特地繞過來救我。」亞瑟王說到這，微微一頓。「當時我劍已彎，胸口更被聖佛印了一掌，幸好你來了，替我分去聖佛的攻擊，不然第二掌再來，我肯定全身骨頭碎裂，灰飛煙滅。」

「別客氣，是你先在六分鐘時過來幫我的，如果不是你來幫我，也不會中聖佛那一掌，我們彼此彼此，誰也不欠誰啦。」

「真是過癮。」亞瑟王抬頭，看著此刻燦爛的星空。「只是這麼強的聖佛，在走到台北前，真的有人能阻止他嗎？」

「有的。」德古拉一笑，「就是因為相信他們，我們才站在這裡，不是嗎？」

「是啊，就是因為相信他們，所以我們才站在這裡。」亞瑟王同樣輕鬆地笑著。「那三個小女孩，以及，她們身上的三個子程式。」

「不只。」

「不只？」

「要讓三個小女孩靠近現在長髮發狂的魔佛H。」德古拉慢慢的說著，「還要其他人幫忙才行。」

「嗯。」

「幾乎，所有新一代的小朋友，無論是黑榜或是獵鬼小組，都要不分彼此，一起幫忙才行啊。」德古拉笑。「接下來，真的要看他們的了。」

「嗯，是啊。」亞瑟王微笑，卻在此時，他的呼吸微微一停，隨即又接了起來。「現在是小朋友們的年代了，啊，真的該退休了。」

「對了，不過有件事我好困惑，聖佛那一個回頭，到底怎麼回事？」

「你不是說，是因為你的吸血鬼之牙，引得聖佛回首嗎？」亞瑟王呼吸又斷，頻率似乎比剛剛更高了。「幹嘛又改口？」

「好啦，我承認這是我自己吹牛的，但我的確不懂，那次回首的目的是什麼？而且……聖佛的眼神，又是如此的悲傷。」德古拉沉吟了一會。「而且……」

「而且什麼？」亞瑟王說到這，忽然頓了一下，呼吸不斷停止，頻率不斷拉高，亞瑟王究竟是怎麼回事呢？

「我覺得，聖佛那悲傷的眼神，是在看你。」德古拉轉過頭，看著亞瑟王。「老友，你的呼吸怪怪的，你還好嗎？」

「我？」亞瑟王聳肩，呼吸又停了，又在下一秒，緊急恢復。「聖佛在看我？」

「是啊。」

「怎麼……可能……」亞瑟王哼的一聲，正要繼續說話，呼吸又停了。

「亞瑟王？」德古拉又問了一次。

「……」

「亞瑟王！」德古拉陡然起身，往亞瑟王方向看去。

此刻的亞瑟王，面露輕鬆微笑，但呼吸停了。

而且，這次的呼吸，卻再也沒有接回去了。

這一剎那，德古拉呆住。

呆了數秒之後，他緩緩的伸出手，蓋住了亞瑟王的雙眼。

「老友，聖佛的那一掌，就……震碎了你的五臟六腑了嗎？」德古拉聲音微微顫抖著。「你替我擋下的那一掌，竟然，竟然就要了你的命嗎？」

「……」亞瑟王沒有回答，只是慢慢的冰冷，帶著微笑，慢慢的失去了身體的溫度。

「我懂了，聖佛那回頭一眼的含意。」德古拉看著亞瑟王，語氣輕柔，卻又如此哀傷。

「亞瑟王啊，亞瑟王啊，亞瑟王啊。」德古拉不斷的唸著，越唸越是大聲，越唸越是悲傷。「聖佛那一眼，真是看向你，他知道你壽命已盡，而聖佛的悲傷，他知道，你的壽命已盡嗎？」

「亞瑟王啊！亞瑟王啊！」

最後，德古拉低語已經化成了悲痛無比的大吼。

「亞瑟王啊！」

德古拉大吼著，哀悼老友的悲愴吼聲，響徹了整個台中夜空，而就在這聲大吼後，向來晴朗少雨的台中，竟然飄下了雨絲。

亞瑟王啊！

雨絲越來越大，越來越大……

亞瑟王啊！

雨水溼透德古拉全身，他仍不停止的大喊著。

亞瑟王啊！

他的喊，是為了紀念一個曾經與他抗衡多年，已經分不清是宿敵還是老友的英雄人物。

亞……瑟……王啊……

亞瑟王啊……

亞瑟啊……

德古拉的吼聲終於停了，在大雨中，他的吼聲漸漸微弱，漸漸的微弱下來。

此刻，距離十二點，距離女神全破關，只剩下二十分鐘。

亞瑟王，第一任獵鬼小組組長，生平捕捉無數妖魔鬼怪，守護人類，堪稱地獄最強正義武者的太陽劍之主。

正式，退出遊戲。

也退出了，這個世界。

第六章　活屍與聖屍

台北，火車站大廳內。

兩個苦悶的男人，正在喝著酒。

「我說蚩尤啊。」賽特拍了拍鼓起來的肚皮。「我們一直在這裡，會不會太混了？」

「我是出不去啊。」土地公嘆氣，「我一旦出手，天劫不只不會被解決，更會被惡化，你叫我怎麼出去？」

「我想想，我們在這裡的理由……互相牽制，對不對？」賽特的筷子微微停住，看向土地公。

「是啊，你怕我進去痛打女神伊西斯一頓，而我怕你衝出去殺了九尾狐。」

「但，現在的狀況，你好像不怕我去攻擊九尾狐了？」

「當然，外面的世界，早就快被那發瘋的佛和抓狂的H給滅光了，也不差你一個魔神了。」

「嗯，咳咳，蚩尤啊，如果，我是說，如果，」賽特咳了兩聲，「我不在這，你還會衝進去打女神嗎？」

「如果，你不在這？」土地公一愣，然後，慢慢的抬頭，一雙眼睛發出灼熱光芒，瞪視著賽特。「你的意思是……」

「如果我不在這了，你還會進去打女神嗎？」賽特看著土地公，目光炯炯，字字鏗鏘。

兩強四目對望，長達數秒，然後，土地公笑了。

「如果你真的不在這裡，我以我黑桃A之名發誓。」土地公咧嘴笑，「我如果敢動女神，我就把自己吃了，吃到骨頭都不剩。」

「那好。」賽特嘴角微微揚起了一個笑容，點頭，「那很好。」

那很好，但，賽特不在火車站，他要去哪？

要去哪呢？

高鐵停，一個男人，雙手合掌，垂首低眉，卻有著如黑色火焰般，往上流動的黑色長髮。

他是魔佛H。

他來到這裡了，來到第四個城市了。

這城市的名字，就叫新竹。

「帶電腦，快逃。」白老鼠扛著他的筆電，跳上了高鐵，而當高鐵緩緩啟動時，他從窗戶外，看到了那個人的背影。

那是一個揹著劍，歲月悽苦的老僧背影，這一瞬間，白老鼠納悶了。

這樣一個溫柔無害的背影，怎麼會連殺百萬人，從高雄殺到台南，再從台南殺到了台中，如今，更要對新竹展開下一場屠殺呢？

不解。

白老鼠滿心的不解。

但他現在唯一確信的，是他必須逃離新竹。

因為，這名背影溫柔的老人，已經要展開下一場屠殺了

但，就在此刻，看著窗外的白老鼠又感到了不對勁，但又說不出這不對勁來自哪裡？白老鼠只能基於直覺的左顧右盼，想要找出不對勁的蛛絲馬跡。

他找了數秒，然後再從窗戶外看著那魔佛H的背影，倒底哪裡不對勁？哪裡不對勁呢？

忽然，白老鼠懂了。

怪異的原因，來自眼前的窗戶，或者說，窗戶外的魔佛H。

高鐵的速度極快，時速可以輕易超越兩百，剛剛不是啟動了嗎？為什麼已經過了十餘秒了，白老鼠還可以看見魔佛H的背影？

這只有一個可能。

唯一，但讓白老鼠全身戰慄的可能。

那就是沒有動。

這台高鐵的高速引擎已經啟動了，但，卻沒有動。

然後，白老鼠看見了另一幕，很平常但卻令他永生難忘的驚悚畫面。

魔佛H，慢慢的回頭了。

那雙原本清澈，自信，充滿了智慧的眼睛，如今卻絕望而悲傷，悲傷的雙眼，凝視著白老鼠。

在白老鼠四目相接的瞬間，白老鼠懂了，他懂，是誰讓高鐵列車停下來了！

「H！」白老鼠張開口，發出大吼，聲嘶力竭，死前的大吼。「住手！別殺了！」

然後，炸開。

白老鼠，他的臉開始分解，他的身體開始裂開，他的心臟，化成了點點血珠，最後，都變成了道具，噴發，落在高鐵的座椅與走道上。

而在下一秒，高鐵終於動了。

載著空無一人的車廂，開往了它的目的地，台北。

而白老鼠，這個新竹的霸主，這個應了九尾狐邀請回來的電腦好手，這個剛剛才以絕頂的能力與計謀擊潰比爾的天才，如今，在晚間十一點四十六分……

確認死亡。

確認，退出遊戲。

白老鼠，死了，而魔佛所殺人數，累積到一百八十二萬九千四百一十二人。

魔佛H在新竹殺的人，並沒有想像中來得多。

原因很簡單，因為，大多數的玩家，無論是現實或非現實玩家，都已經買了車票，或是開了車，拚命往北逃。

也許有人會問，為什麼不往南逃？魔佛已經離開了台中、台南，或是高雄，趁魔佛不在的時候，往南逃不就得了？

不這麼做的原因，其實很簡單，因為往南逃的，依然沒有一個人活下來。

魔佛H的力量太強，彷彿在台灣畫了一條線，越過這條線往南者，當場爆裂，就像是白老鼠，粉身碎骨。

不過，新竹快要被滅盡之前，倒是有個人，出現在街道上，等著魔佛H。

這個人臉戴墨鏡，身材高挑，穿著合身的黑色西裝，外型酷帥之餘又帶著一股中年人的憂鬱。

他雙手插在黑色西裝褲口袋中，側著臉，帥氣十足的看著緩步而來的魔佛H。

他，雙腳穩穩踩在地上，頑強的抵抗著魔佛H殺氣十足的吸力。

「我是來抓你的。」那人右手直直往前，食指比著魔佛H，姿勢帥氣。

「……」魔佛H沒有抬頭，眼前這個人對魔佛H而言，等級似乎不夠，不如亞瑟王和德古拉，讓魔佛H特地停步。

「不停嗎？我奉我主人之命，來抓你回去，因為你的存在，肯定會讓地獄醫學大躍進。」

那男人右手筆直，左手先到右手然後再往後拉，其姿勢宛如拉弓射箭。

而可怕的是，當他左手拉到了底，一支靈氣匯集而成的箭，已然形成。

這箭的靈氣渾濁，散發詭異深紅色，一看就知道絕非善類。

「……」魔佛H對此靈箭視若無睹，依然雙手合十，穩穩往前邁進。

「竟然不理我？那就讓我的箭，提醒你我的厲害！哈哈！」墨鏡男人嘴角冷笑，左手一鬆，箭離弦，化成一條筆直之線，穿向魔佛H。

箭快如電，一瞬間就到了魔佛H的面門三公尺處，但也在這裡，箭鋒開始銷融，不到眨眼的時間，箭就徹底銷融完畢，完全無法跨入魔佛H的三公尺距離。

「一箭不夠？看我百箭連發！吼！」戴墨鏡男人見到自己的第一箭完全奈何不了魔佛H，眼中綻放陰冷紅光，左手再放。「血紅蠕蟲之箭，去。」

蠕蟲？

這不是曾經在新竹高鐵上，差點讓吸血鬼女陷入敗局的……

只是，當時吸血鬼女面對的是一發箭，但在魔佛H面前，這次卻來了超過百箭的箭雨。同樣鮮紅，同樣具備萬噸級火藥的生物兵器，百發蠕蟲之箭，已經如驟雨般，降到了魔佛H的面前。

但，魔佛H還是沒抬頭，他繼續往前走。

一如所料，這百箭齊發還是沒有任何效果，就在魔佛H身外三公尺處，同時銷融。不斷融毀炸裂的蠕箭，在魔佛外，宛如一個半徑三公尺的圓罩子，圓罩外百箭亂炸，圓罩內，卻是風平浪靜無風無雨，

一點都沒有傷到魔佛H，一點都沒有，只能說，魔佛H與這名墨鏡中年男子的級數，實在差太多了。

「蠕蟲沒用？」戴墨鏡的男人，右手依然筆直，左手又拉弓，又是一箭，蓄勢待發。「那換一種口味看看。」

這次的箭色不單是血紅而已，在箭柄與箭鋒處，還爬滿了詭異的植物，植物間還不時爬出有著尖牙的昆蟲，更詭異的是，這箭的箭鋒，像是心臟一樣，怦怦的跳著。

這箭，已經不是一般的箭了，這是一種魔界生物了。

「華佗主人賜予我最新的武器，活屍之箭。」那男人冷冷的笑著。「我以羅賓漢J之名，要將你擒獲，以供我主人華佗研究！」

羅賓漢J，這人是羅賓漢J？

羅賓漢J自從在地獄列車上重傷垂死之後，就被送去給華佗救治，誰知道華佗不只是一名醫生，更是一個變態的醫學實驗者，他看到羅賓漢J有著驚人強韌的體質，可以承受華佗的實驗，於是不斷的以羅賓漢J的本體進行基因改造，創造出各式各樣的刺客。

這些刺客，更多次組撓獵鬼小組的任務，甚至危急獵鬼小組的生命。

羅賓漢J，自從地獄列車事件以來，可以說是最悲劇的英雄，身不由己的他，也許，死亡還是一種解脫。

如今，他又出現在魔佛H面前，只為了華佗一個瘋狂的目的，取下魔佛H的基因，因為那是地獄從古至今，最強者的基因。

為此，改造的羅賓漢J，左手拉到極限，目露凶光，繼續說著。

「為了煉成這把活屍之箭可不容易，要先活捉黑榜排行前一百名內的大妖，然後在這妖怪體內，不斷植入各種寄生蟲與寄生植物，過程中，還要注意千萬不能讓這妖怪被這些寄生物給弄死了，等到這妖怪與這些寄生物同化了……」羅賓漢J的語調陰邪與瘋狂，宛如另一個華佗。「就能成為一支活屍之箭了。」

「此箭乍看之下已沒有人形，但事實上，那隻妖怪仍活著，只是妖怪的身體化成了箭柄，而妖怪的心臟呢？則轉化成最銳利的箭鋒。」羅賓漢左手越拉越後，箭也越來越長，箭體積蓄了飽滿的力量，就要爆發。「魔佛H啊，請接我這把……」

「活屍之箭吧！」羅賓漢J獰笑，吐出長長的舌頭，手一鬆，這支活屍之箭，應聲射出。

箭射出時，不只銳利的風聲，還不斷發出淒厲的哭聲，這哭聲彷彿在泣訴著，這隻妖怪被華佗煉化時，所受盡的各種痛苦，寄生蟲啃蝕他內臟的劇痛，與寄生植物爬過他腦神經時的尖銳摩擦感。

這些痛苦，這些怨恨，都匯集成了這活屍之箭的能量，滾滾的衝向了魔佛H。

但，魔佛H還是沒有任何特別的動作，依然緩步往前走著。

只是這一次情況改變了，那就是魔佛H的三公尺障蔽，並沒有擋住這活屍之箭。

活屍能量太強，怨念太深，已非生物兵器蠕蟲可比擬，在三公尺處微微頓住，就這樣穿了過去，然後直直貫向了魔佛H。

而同時，可以感覺到魔佛H背後的湛盧劍動了一下，似乎想出手擊下這活屍之箭。

可是，隨即又恢復了平靜，湛盧劍似乎是受到魔佛H指示，所以未發動反擊。

魔佛被攻入了三公尺內，卻又不打算出劍，那他究竟要怎麼對付這來勢洶洶的活屍之箭呢？

沒有對付，事實上，魔佛H就是沒有對付，活屍之箭，這支寄宿了無數怨恨的箭，就這樣噗的一聲，射入了魔佛H的胸膛中。

「中了？」羅賓漢J表情中除了喜，更多的，反而是疑惑。

畢竟，魔佛H可是連亞瑟王和德古拉都只能撐九分鐘的魔神，這把活屍之箭竟然真能射中魔佛H？

不過眼前的狀況仍以驚人的速度變化著，因為這支活屍之箭，不只射中了魔佛H，它還繼續前進，最後，從魔佛H的背部穿了出來。

穿胸而過，這可是超級重傷啊。

箭速雖然已經下降，但仍繼續往前，轉眼間，半支活屍之箭已經從魔佛H的背部，透了出來！

但，有些奇怪。

穿出來箭的模樣，有些變了。

不再深紅，不再爬滿了詭異的寄生植物與寄生蟲，箭，變成了透明的白色。

而原本鋒利的箭鋒，變回一枚純白色的心臟，正噗通噗通的跳著。

「這是怎麼回事？」羅賓漢J露出驚駭的表情，但在驚駭中，卻又透露著一股崇拜之情。「等等，等等，我記得最古老的煉化書中有提到這狀況，活屍煉化的最高境界，外型不再醜惡，反而會透明如玉，此時活屍不再是活屍，而是聖屍。」

箭，已經完全穿出了魔佛H的身體，其透明而美麗的外型，也完全呈現出來。

「但聖屍萬中無一，不只是當作宿主的妖怪等級要高，更必須承受無數可能失敗的變因。」羅賓漢J，表情驚喜，「華佗主人煉了上百具屍體，花了數百年，都只煉出三柄活屍之箭，根本不敢妄想聖屍，沒想到，沒想到……」

聖屍箭，已經離開了魔佛H的背部，只見它飛上了空中，然後箭身掉頭，轉了一個大彎。

箭鋒，已經穩穩對準了羅賓漢J。

「沒想到，沒想到……」羅賓漢J完全沒注意到箭已轉向，只是用他興奮且尖銳的聲音說著，「魔佛H，你實在太強了，我太愛你啦，你只用穿過你胸膛那一瞬間，就完成了華佗主人數百年都無法達到的境界，我真的要把你帶回去，你一定是最完美的實驗，最完美……」

羅賓漢J這幾個最完美的讚美，尚未說完，那在空中的聖屍之箭，開始加速了。

原本就透明雪白的它，在空中陡然加速，如同清晨的一道美麗的白色陽光，沒有活屍之箭的嘶吼與痛苦，只有宛如聖歌吟唱般的美麗與純淨，嘶的一聲，穿入了羅賓漢J的眉心。

「最完美，最……」羅賓漢J話說到一半，聲音登時啞了。

就這樣，羅賓漢直挺挺的站著，直到魔佛H走過他的身邊，他都沒有動。

因為他已經死了。

只是死前，羅賓漢J的眼角，卻意外的流下了一滴透明的淚。

「悲傷。」羅賓漢死前眼中，留下的，是悲傷，「為什麼創造出聖屍之箭的你，會如此悲傷？原來，從活屍之箭到聖屍之箭的關鍵，不是痛苦與怨恨，而是悲傷嗎？那對蒼生的大愛，卻又要與毀滅蒼生的悲傷嗎？」

對蒼生的大愛，與無奈毀滅蒼生的悲傷，這就是此刻的魔佛H嗎？

他的心意，感染了活屍之箭，讓活屍轉成了聖屍？

而魔佛H呢？他依然踏著相同的步伐，繼續將藏在新竹四面八方的玩家，一一吸出來，然後爆殺。

殺得越多，魔佛H的悲傷似乎越來越濃烈。

但他卻沒有遲疑，依然踏著相同的步伐，背負著天劫的厄運，繼續往前。

轉眼，新竹已經殺盡，他開始回頭，接下來，是整個地獄遊戲中最後的一個城市，一個最多強者聚集，最多神魔共存的戰場。

台北。

當魔佛H離開新竹後，一隻蟲，慢慢的從羅賓漢J的屍體外爬出來。

這隻蟲，叼住了聖屍之箭的碎片，那昆蟲小小的嘴巴，竟然吐出了人類的笑聲。

「這羅賓漢J，是實驗品二號，並非真人，真正的控制者是我。」那蟲發出的聲音，就是華佗本人。「但這次的實驗，真是空前的成功，因為我拿到了……」

那小蟲邊笑著，邊叼著碎片，展開翅膀，開始朝著北方飛去。

「我拿到了最重要的東西，這箭穿過了魔佛H的身體，肯定帶上了他的細胞。」那小蟲越飛越高，聲音卻越來越尖，難掩情緒高昂。「咯咯咯咯咯，我只要分析他的細胞，甚至複製，我一定能創造出另一個佛！這絕對是我最偉大的作品！絕對！一個佛啊！」

佛！我會創造出一個佛啊！咯咯咯咯咯咯咯！

蟲振翅，尖銳且詭異的笑聲，隨著牠的身影，越來越遠，最後消失在天空的彼端。

而魔佛H呢？他已經登上了高鐵，依然垂首合十，彷佛不知道他在新竹這城市中，留下了一條蟲命。

這條蟲命，也許，對未來毫無影響，但也可能，對未來帶來驚人的大禍害。

殺無赦的魔佛H，理應不會放過任何生靈，但為何留下這條蟲命？為何？

此刻，也只有始終沉默的魔佛H，才能解答這問題了。

魔佛H即將抵達的台北高鐵站，三個女人，三個類型不同，但都是會讓男人怦然心動的美女，正一起注視著高鐵的方向。

站在最左側的，是蜘蛛精，娜娜。

她的手心中，五色靈絲環繞，紅絲捆綁，白絲追蹤，黑絲突襲，綠絲張網，還有至今未曾使用過，最後一色靈絲。

紫絲。

紫色的絲線，飄忽著柔美的紫光，此絲沒有前幾種靈絲那種殺戮之氣，取而代之的，是一股神聖之氣。

第二個，是站在中間的九尾狐，經過瑪特追殺，九尾狐此刻重傷未癒，但她仍挺著胸膛，驕傲的站在中間。

她輕輕的轉過半個身子，背後尾巴如孔雀般展現，金尾，木尾，水尾，火尾，土尾，擬態尾，媚尾，咒尾，重傷破碎的姜子牙之劍，以及，至今無論經歷過多少次生死關頭，多少次命懸一線，都不肯使用的第九尾。

「這是我的第九尾。」九尾狐寧靜的微笑著。「叫做桐桐尾。」

桐桐尾？

這名字頗為古怪，其來歷又是如何？似乎又有什麼故事隱藏於背後？

「那換我了。」站在最右側的，是三個女人中的最後一個，曾任獵鬼小組戰績輝煌，美麗而強大的女人，吸血鬼女。

「我的東西，是我其中一顆吸血鬼之牙。」吸血鬼女微笑，那顆牙，宛如陽光般閃爍著。「陽光之牙。」

「聽說當我們三個合一，就具備阻止魔佛H的力量？」娜娜開口，「那我們試試看吧。」

說完，紫絲從她掌心延伸，如水草般游動，游向了吸血鬼女與九尾狐。

「嘻嘻，那我們試試看。」九尾狐輕輕一擺屁股，桐桐尾，慢慢的滑向了紫絲。

「嗯。」吸血鬼女張開嘴，金色吸血鬼之牙，一道金色陽光散出，射向紫絲與桐桐尾。

紫絲、九尾，與陽光牙，這些被這三個女人珍藏的招數，在此刻，深夜的台北高鐵站，緩緩的合一了。

越是合，越是美，越是美，也越是合。

然後，三個女人都同時啊的一聲，也都同時微笑了。

因為她們看到三個子程式合體的真實樣貌。

那是一個字。

佛。

此字，看似簡單，卻是最深奧的字，沒有神的強威，沒有魔的狂妄，左側旁帶著人，右側卻是頓悟一切的弗，彷彿脫胎自層層苦難的人間路，經歷悲喜交集的萬古輪迴，最終，在一棵菩提樹下，悟了道，明白了自然與無我的道理。

然後，笑了。

所有的女人，都像是孩子般，甜甜的笑了。

「看樣子，這是我們的宿命。」娜娜看著九尾狐與吸血鬼女。「早在千年前，這就是我們的宿命。」

「報答聖僧的時候到了。」九尾狐也笑。「是吧？」

「嗯。」吸血鬼女看著高鐵方向，沉靜的她，臉上也掛起了淡淡的笑。「是時候了。」

上。

然後，就在三人明白自己使命時，紫絲、桐桐尾，與陽光之牙已經退回了自己主人的手

而且，它們的形態轉變了。

紫絲由柔軟游移變成了剛強的固體，有小小的柄，細細長長的齒，那是梳子，一把紫色的梳子。

桐桐尾也在九尾狐掌心同時轉態，轉成一把白色的梳子，梳子的柄上，還有短短茸茸的毛。

而吸血鬼女的陽光之牙呢，它從吸血鬼的嘴巴落下，當掉到吸血鬼女掌心時，已經變化完成，變化成一把金色的梳子。

「都是梳子。」娜娜歪著頭，「果然如那幅圖所示，必須梳完魔佛H的長髮，才能解除他的魔氣。」

「所以，那如火焰的黑色長髮，就是他的天劫的魔氣根源？」九尾狐說。

「沒錯。」吸血鬼女點頭，右手微微握緊了金色梳子。「不過，其實我還有一個問題，這問題並不小。」

「什麼問題？」

「我們，該如何接近聖僧？」吸血鬼女的眼睛，透露著敏銳的觀察力。「接近以後，還需要以梳子對他梳髮，此刻的聖僧，此刻的H，渾身魔氣，連德古拉和亞瑟王都撐不過十分

鐘……」

「這……」娜娜苦笑，與九尾狐互望了一眼。「先別說我們身受重傷，全盛時期的我們，也走不近聖僧的一公尺內。」

「那有辦法嗎？」

「有辦法嗎？」

「有……」

就在這三個女人面露愁容之際，幾個爽朗的男子聲音，忽然在她們的背後響起。

「因為，有我們啊。」

三人同時回頭，然後她們再次笑了。

「只可惜，許多夥伴都死了，最強的夥伴H，還入了魔。」站在最前面的男人，身材高壯，他是胖子，將娜娜帶回來的胖子。

而跟在胖子後面的，是拿著筆記型電腦，笑容憨傻的，正是小五。「還有我，我剛剛和白老鼠聯手，奪下了比爾的殺手衛星，不過可惜的是，白老鼠這小子陣亡了。」

小五的後面，則是另一個許久未見的面孔，身材高壯，渾身戰氣，曾是少年H夙敵的日本高手，僧將軍。

「白老鼠在臨死前，將所有的訊息，都發到了網路上，」小五注視著電腦，「包括黎明的石碑、各大網站，以及每個玩家的手機，我相信，一定會有越來越多的夥伴，趕到這裡的。」

「嗯。」娜娜、九尾狐，以及吸血鬼女，她們看著眼前這些男人，內心是說不出來的感動。

這些人們，明明知道掩護的代價，就是死亡，他們還是義無反顧的來了。

「可是，魔佛H這樣厲害，大家……擋得住嗎？」娜娜遲疑的看著眼前趕來的這三人。

「擋不擋得住，得試了才知道，不是嗎？」僧將軍淡然一笑。

「嗯。」

擋不擋得住，得試了才知道，不是嗎？

這句子的答案，很快，就要揭曉了。

因為，高鐵停了。

這台只載著一名乘客的高鐵，即將載來的，是地獄遊戲有史以來最大的災難，魔佛H。

高鐵停，門開，魔佛H踏出了車門。

只是踏出的瞬間，魔佛H背後的湛盧劍突然發出長長劍鳴，他罕見的腳步微微一頓，然後他抬起了頭。

就在他抬頭的那一剎那，天空出現了閃光。

高鐵站，怎麼會看見天空？天空中又怎麼會閃光？答案，在零點零零零零一秒後，就揭曉了。

死光，直接轟了下來。

六六三十六道死光，在時間差距只有千萬分之一的時間內，擊向魔佛H頭頂。

但，魔佛H有受傷嗎？

當然沒有，但這次，他把右手伸起來了，五指併攏成掌，宛如遮雨般，擋在自己頭頂，但這遮雨的姿勢，竟將這六六三十六道死光全部阻隔在外。

「厲害。」死光的操縱者，正是好不容易奪下超級電腦主控權的小五，他吞了一下口水。

「三十六道死光全開，這已經可以摧毀上億人國家的武力了啊！」

隔開死光，魔佛H正打算繼續往前走去，忽然，他再次往前看去。

眼中，出現一抹笑意。

這笑，竟然少年H有些相似，彷佛是少年H遇到了多年亦敵亦友的高手，那種欣慰的笑。

事實上，魔佛H的眼前，出現了一顆拳頭。

這拳頭飛得又直又硬，宛如一台載著千萬噸火藥的火車頭，朝著魔佛H的腦門轟了過來。

「一拳必殺。」那拳頭主人發出大吼，「僧將軍，拜見魔佛H。」

這拳，威力等級之高，絕對不下於六六三十六道死光，筆直的，暴力，必殺的，轟向了魔佛H。

這就是僧將軍的戰鬥方式，將自己畢生靈力灌注於這一拳，不防禦，也不留力，更沒有所謂的第二招，全部都在這一拳定生死。

當年，少年H與僧將軍互相敬重，一個是柔軟如水的太極，一個是剛強絕無妥協的一擊必殺，兩者都是武道至高境界，已難分高下。

只見，魔佛H伸出了左手。

然後他的手，緩緩擺動，如蓮花順水，如楊柳迎風，柔緩而美麗。

那是一個圓，魔佛H的左手，正在畫圓。

「好啊！」僧將軍大笑，「太極嗎？H！你還記得啊！」

說完，一擊必殺已經轟入了魔佛H手中那個圓之中。

這台載滿了千萬噸火藥的火車，也衝入了這個圓當中，驚人的火藥同時炸開，帶著同歸於盡的覺悟，要將魔佛H，在這裡徹底擋下。

也在這一剎那，雙方的身體同時一震。

而，僧將軍，與操縱死光的小五，同時大喊。

「娜娜，魔佛停下了，快上啊。」

魔佛停下了，快上啊。

這聲嘶吼之中，一個美麗而嬌俏的身影，跟著躍出來了。

她右手高舉，手心緊握一支紫色梳子，就要朝魔佛H宛如怒火般的長髮，梳了下去。

魔佛H眼睛抬也沒抬，背後的湛盧劍，卻已經出鞘。

在空中畫了一個黑色，鋒利的N字形，貫向娜娜的胸膛。

「啊！」「啊！」「啊！」就在眾人同時驚呼的同時，一雙銅錘從天而降，一上一下，夾住了穿刺而來的湛盧劍。

湛盧兇暴，銅錘威猛，兩者蹭的一聲，金屬摩擦金屬，其音尖銳刺耳，但卻同時停住。

這雙銅錘之主，不多說，當然就是化身為尉遲恭台灣獵鬼小組，胖子！

只見胖子全身顫抖冒汗，面目扭曲痛苦，顯然要壓制這入魔的聖劍湛盧，已經快要耗盡他全身的靈力。

「快。」胖子齜牙咧嘴。「娜娜，快，梳下去。」

娜娜看了胖子一眼，眼神感激，她熟知這個老夥伴的實力，要頂住這支湛盧劍，實則凶險異常。

事實上，包含了負責聖佛右手的小五，擋住聖佛左手的僧將軍，其實都處於命懸一線的危險狀態，所以，娜娜知道自己必須快，把握這唯一的時間縫隙，把梳子伸向了魔佛H那火焰般的長髮……

但，就在娜娜的梳子要碰到長髮之際……

忽然，魔佛H輕輕的抬起頭，對著娜娜吹了一口氣。

只是一口氣而已，娜娜卻感覺到彷彿置身於太陽核心，如此狂熱，如此高溫，幾乎要將娜娜全身的細胞都融化殆盡。

在這樣的高溫下，娜娜就算全身已趨近融毀，但她仍奮力，奮力的將手往前伸。

她要梳魔佛H的長髮，她要救聖佛，當年自己還是小蜘蛛時，那個用手指替小蜘蛛結網，那個將大雨帶到村莊，拯救人類小孩的莊嚴僧者。

而且，她更要救H。

她繼承了僧將軍、小五，以及胖子的意志，所有人都為了少年H而來。

所以，娜娜就算感覺到自己的手臂已經融毀，她仍拚了命，拚了命往前伸手。

只要梳一下，只要梳一下，就算從此灰飛煙滅，也在所不惜。

但，世界上所有的事，真的是努力與犧牲，就可以創造奇蹟的嗎？

多數，是的。

但在「這一個人」的面前，卻必須殘忍的面對一個現實。

這一個人，他是魔佛H，入魔的聖佛與悲傷的少年H，奇蹟，對他而言，毫無意義。

而他只做了一件事，就是吐出了第二口氣。

這一口氣，不是熱的，而是冷的。

那是連分子都會停止震盪的冷，那是會破壞所有生物機制的冷，更可怕的是，兩口氣，一熱一寒時，產生巨大的溫差。

這樣的溫差，早已超越了生物能承受的範圍，無論是人、妖、鬼，甚至是魔與神，都會受到重傷的溫差。

在這樣巨大的溫度斷差下，娜娜的手被凍住，再也無法往前，同時被吹得往後退去，一邊退，她的身體不斷的熱融，又不斷的被凍碎。

而僧將軍呢？他的絕招「一擊必殺」，也在這樣的溫差下，瞬間崩毀，他親眼看著自己最強的拳頭像是玻璃一樣碎開，裂痕一直往上，裂過粗壯手臂，最後裂到了腦門。

當腦門一碎，一代強豪，就此死亡，退出遊戲。

沒被少年H擊敗，沒被廉頗擊殺，少年H最尊敬的對手之一，就這樣當場斃命。

小五呢？他的三十六道死光在這一瞬間，也全部折射，然後其中一道，直接命中小五。

小五咬著牙，雙手拚命操縱鍵盤，試圖扭轉情勢，但實在慢了一步，雖然這一步也只差百分之一秒而已，小五身軀已然爆裂。

小五臨死前，不怒反笑，「白老鼠，我紫色小兵來找你米奇老鼠啦，哈哈哈哈。」

大笑聲中，小五消失，剩下一片焦黑的碎片，連噴出來的道具都被死光一起焚毀了。

胖子呢？終於，在魔佛H第二口吹氣中，他再也撐不住湛盧劍的強大壓力，嘈的一聲，劍穿過雙錘，然後直接插入胖子的心窩，值得慶幸的是，他還來不及感覺到痛，就被第二口氣的寒風吹到結凍，然後如玻璃碎片般，登登登落下。

確定，喪命。

「胖子！小五！僧將軍！」娜娜還在熱冷交錯的大風中不斷後退，她放聲大哭，「H，聖佛，不要再殺了，求求你，就算你醒過來，你永恆的生命中，會不斷後悔的，不要再殺了！時間是不可逆的啊！」

時間，是不可逆的啊，就連神，也無法改變時間的流向啊。

你永恆的生命裡，會不斷後悔的啊。

娜娜不斷的往後退，身體在極冷與極熱間來回收縮放大，身體已經開始分解。

轉眼，第一把紫色梳子，已經要功敗垂成，聖僧與少年H合成的魔佛H，即將墮入無盡魔道，再也無法回頭之際……

忽然，娜娜發現了一個古怪的現象……

「沙子？」

為什麼，在高鐵站的出口地方，會有沙子？

一粒一粒沙子，又黑又細，在空氣中懸浮，包圍住了娜娜。

而且，這些沙子具備著令人驚奇的靈力，包圍住娜娜的同時，更阻隔了魔佛H的兩口氣。

「是誰？」娜娜表情驚喜，然後她轉頭看向魔佛H，同時間，她詫異了。

因為，這已經是她第二次見到魔佛H，包括第一次新竹時德古拉與亞瑟王雙強與魔佛H對決，記憶中魔佛H的眼神總是沉靜中帶著悲傷，但，娜娜卻看見了此刻的魔佛H，眼中透出了笑。

而且是怒笑。

魔佛H往前踏了一步，眼神中是怒，也是笑，而這份怒笑，針對的對象肯定就是這沙子的主人。

而沙子之主，也在此刻凝聚成一個完整的人形。

頭戴黑色斗篷，雙拳戴滿各色戒指，充滿絕望與狂霸的魔神之氣，他，就是黑榜上的第四張 Ace。

「聖佛！」沙子之主，放聲大笑，「哈哈，就讓埃及魔神賽特，來會一會你吧。」

沒有回答，魔佛H只是雙手合十，收斂靈光，開始往前。

賽特雙拳緊握，四周的黑色沙子不斷從四面八方回到他身上，他正在凝聚力量，凝聚他縱橫五千年的魔力，凝聚他成為黑榜 Ace 的驚人實力。

而就在魔佛H不斷朝賽特走來之際，賽特側過半邊頭，用低沉的聲音對娜娜說。

「小蜘蛛，」賽特慢慢的說著，「機會只有一個，好好把握啊。」

「你……你為什麼來幫我們？」

「因為我有一個爛酒友。」賽特笑了一下，瞪視著不斷走來的聖佛，眼前的聖佛壓迫感越來越強，每走一步，身形彷彿大了一倍，「他一直在生悶氣，因為怕他哭，所以我決定幫他一次。」

酒友？娜娜抬頭，她不懂，但她知道，那個酒友肯定又是另一個強者傳說。

而就在這短暫的對話剛結束，魔佛H已經到了。

然後，魔佛H的右掌伸出，排山倒海，駭人的強大靈力從他的掌心，朝著賽特狂湧而來！

賽特，源自埃及。

當年，他因為迷戀伊希斯女神，殺了自己哥哥，奪下了埃及政權，將埃及眾神殺得是四下潰散，後來反被伊希斯與兒子荷魯斯聯手所敗。

但，許多人都說，賽特的敗，除了敗給伊希斯那宛如白月的純潔靈力之外，他更敗給了自己，敗給了太愛伊希斯的自己。

不過，經此一役，賽特之名從此登上黑榜，成為神魔皆懼的人物。

如今，他將挑戰魔佛H。

挑戰千萬年以來，從未被人擊敗的傳說，聖佛。

碎裂，賽特的身軀，在魔佛H強大的靈氣下，瞬間碎裂。

死了嗎？當然不！賽特可是賽特，他乃沙漠之沙所組成，只見碎裂的他在空中重新組合，化成一圈黑色龍捲風，夾著驚天動地之威，反撲向魔佛H。

再碎，魔佛H再次揮掌，掌心靈力暴湧，又將賽特擊碎。

但賽特再次凝聚，這次化成數十個威能強大的龍捲風，擺出陣式，來回襲擊被包圍的魔佛H。

而一旁的娜娜，則瞧呆了。

因為她第一次感覺到，從高雄一路走到台北，殺盡生靈的魔佛H，此刻竟然屈居劣勢。

魔佛H的佛掌威力絕倫，但賽特就是沙子，飛舞盤旋，碎而不死，魔佛H再強，也殺不了無形無體的賽特，再這樣下去，也許……

賽特會贏？

但，就在娜娜腦海閃過這念頭時，她聽到了賽特發出了古怪的低吼。

然後，娜娜看見了魔佛H，他雙手張開了，然後順著往下畫，畫出了一個半圓。

但令人吃驚的是，半圓的過程裡，魔佛H的手，像是殘像般留著，當半圓畫完，魔佛H已然有了十六隻手。

十六手姿態不同，或捏，或指，或拳，或掌，宛如一尊千手菩薩，如此美，也如此暴力。

「十六手？」賽特見狀，怒極反笑，「好樣的，老頭子，終於亮絕招了嗎？」

然後，魔佛H十六隻手同時往前轟去。

賽特的身體，被第一輪掌轟中，身形還沒消散，第二掌又來，身形還來不及化成沙子，第三掌又到，然後是第四掌，第五掌，第六掌，第七掌……

當賽特到第十三掌時，他的身形竟然已經無法消散了，沙子，再也飛舞不起，反而撲簌簌的往下落，落了一地黑沙……

落了地的黑沙，表示靈力遭受重創，以致無法飛舞了，但就在賽特情勢危急之際，他卻放聲大吼。

「絕招一出，會出現破綻！小蜘蛛，聽到了嗎？」賽特聲音沙啞。「趁現在啊！」

趁現在啊！

聽到這句話，娜娜先是一愣，隨即咬著牙，往前衝，在一片片宛如在保護她的黑沙中，她舉起了梳子。

第十四掌。

賽特身軀再震，黑沙又落了一大片，身體已剩下不到一半。

娜娜已經來到了魔佛H的身旁，舉起了梳子。

第十五掌。

賽特身軀又震，只剩四分之一的軀體，但他的黑沙一刻不落盡，就是反過來困住了魔佛H。

而娜娜將梳子劃向魔佛H的長髮，碰到了，梳子碰到如火焰的長髮了。第十六掌。

賽特身軀終於承受不住，整個身體碎裂，碎裂的沙子無法飛舞，全部落地。

但娜娜的紫色梳子，也順著魔佛H的長髮，梳了下來。

當梳子順髮而行，娜娜卻沒有感覺到那巨大的靈力擠壓，也沒感覺到來自魔佛強烈的殺意，她感覺到的，是慢慢的溫柔與悲傷。

彷佛，那個總是帶著冷靜微笑的少年H，正抱著貓女，在下著冷雨的暗巷，低聲哭著。悲傷，好悲傷，親愛的H，我可以安慰你嗎？

這短短不到一秒的時間，娜娜彷彿抱住了悲傷的少年H，輕輕的說：「沒關係，沒關係的，你有我們，你還有我們啊。」

而少年H似乎懂了，沉靜的在娜娜懷中，但，當梳子滑盡了長髮，少年H抬起頭，眼神又是同樣的悲傷。

然後，砰的一聲巨響，娜娜後退，重傷至極的身軀，軟軟的，順著魔佛H的力量飛行，眼看就要撞上牆壁，香消玉殞……

但，一條毛茸茸尾巴卻剛好擋住了娜娜的身軀，替她抵消了強烈的衝力，更替她保住了一條命。

當娜娜抬頭，見到了一個嬌媚而堅毅的笑容。

「嘿，妳已經梳下魔佛H三分之一的惡髮，接下來，換我了。」那個女子，不是別人，正是手拿以第九條尾巴幻化而成的白色梳子，九尾狐。

而眼前，魔佛H的髮，落了三分之一。

但他的表情依然冷漠而悲傷，雙手合十，再次踏開腳步，踩過滿地黑沙，朝著九尾狐方向而來。

第二支梳子，第二回合，即將開始。

這裡，是台北火車站的大廳。

正盤腿坐在地上的土地公，喝著罐裝飲料喝到一半，突然停住。

然後就在土地公面前，空氣中突然開始下起了黑沙雨，黑沙垮拉垮拉垮拉的落下一地。

黑沙不斷的落下，落了十餘秒，當落成了宛如一座小山時，才終於停住。

土地公看著黑沙落盡，才拍了拍落在他罐子上的黑沙，然後轉過身子，拿了一瓶罐裝飲料，拉開拉環，遞給了眼前的黑沙。

「喏。」土地公說，「給你，專為你準備的。」

那如小山的黑沙，慢慢浮現出一張臉，然後伸出手，長出腳，最後出現了身體。

但這張臉卻是殘缺不全，少了左眼，也沒了右耳，腦袋更是破了一半，這張破臉，苦笑了一下。

「好厲害，魔佛H，真是一個厲害的老傢伙。」那黑沙形成的人，搖頭。「你真的和那個老頭，打了幾千年，還不分上下？我真是服了你，那老頭，還真是……他媽的有夠強！」

「你也不賴啊。」土地公舉著手上的罐裝飲料，露出獠牙的爽朗笑容。「要不是你目的在困住那老頭，讓蜘蛛精梳頭髮，若是一對一真打，你多撐千招肯定沒問題的，賽特。」

賽特，黑沙形成的殘缺身形，果然就是剛剛歷劫歸來的賽特。

「喔，被你看出來啦。」賽特苦笑了一下，這一笑，右眼眼球也咕咚一聲的掉了下來。

「但這老頭還真強，入魔之後，真的都不留力了。」

「所以，這飲料給你，算是謝謝你的幫忙。」土地公的手往前一伸。

手上那罐裝飲料，倒映著火車站的日光燈，呈現綠白交錯的光芒。

「這……這不是……泰山仙草蜜？」賽特一愣，他聽過土地公的傳說，「這仙草蜜不就是你藏放千年妖氣的罐子嗎？你……你捨得？」

「當然，你剛剛的行為，足以當兄弟了。」土地公舉起手上的另一罐仙草蜜，大笑。「喝啊。」

「嗯……」賽特一笑，接過了仙草蜜，然後與土地公的罐子輕輕一碰，仰頭，當場喝乾。

這一喝，賽特只覺得全身力量充沛，彷彿積蓄了千年的火山，在他體內澎湃湧現，爆發，而他的臉，更在這一瞬間，從原本的破碎變成了完整。

豈止完整，甚至比去找魔佛前，更加的神采奕奕，透著一股亦魔亦妖的王者之氣。

「好。」賽特全身甚至脹大了一倍，盤桓在周圍的黑沙，從剛開始的黯淡無光，折射出如黑金般的光芒。。「你的妖氣，果然非同小可。」

「不錯吧。」土地公瞇著眼笑了，但又隨即嘆氣，「只是，連賽特你親自出手，都只能換一次梳髮，還有兩次梳髮才能破解魔氣啊，該怎麼辦呢？該怎麼辦呢？」

這地獄遊戲中，還有兩個像是賽特等級的魔神，願意出手嗎？

還有嗎？

第七章　我是最聰明的狼

就在整個地獄遊戲即將覆滅之際，另一頭，某個人某件事正在發生。

某個人，他將長髮綁成馬尾，配上他完美無比的俊俏五官，穠纖合度的完美體態，身穿一襲合身的黑色西裝。

不只是他的外型堪稱極品，他的舉手投足，他的睥睨又驕傲的眼神，他帶著輕蔑又迷人的微笑，無論人間與地獄，都屬少有。

這樣的人，絕對屬於神魔等級，為什麼現在才出現？

又或者說，為什麼他早已出現，但卻藏身到現在？

只見這男人正霸氣的坐著，左手手肘放在自己的膝蓋上，寬大的右手，則捧著一個柔軟而顫動的物體。

那東西正在動，鮮紅的顏色，規律的顫動著，這不是別的，是一顆心臟。

而且，這心臟的形狀非常的美，難以形容的美，沒有一絲瑕疵的弧線，複雜但又精密的血管分佈，還有那充滿了力道的一次次心肌律動。

這是誰的心臟？為什麼握在這神祕的美男子手中？

然後，那男子的嘴角單邊揚起，一股帶著邪氣，但充滿了魅力的笑容，浮現在他臉上。

「西兒之心。」那男人的聲音低沉，同樣充滿了令人醉倒的吸引力。「不枉我追了好幾百年，果然是珍品中的珍品。」

西兒之心？

「西兒之心珍貴之處，可不只讓那頭傻狼全身發白毛而已。」男人閉上眼，右手輕輕轉動著那正緩緩跳動的心臟，宛如轉動著一只裝著高級威士忌的酒杯。「它最珍貴的地方，是因為它能創造出一道門。」

發白毛？創造出一道門？

「門，能開啟每個空間，自然也包括『那裡』。」男人邪邪的笑著。「嚴格說起來，有了這顆心，地獄遊戲根本就不需要滿足破關條件，就能破關了。」

開啟每個空間？地獄遊戲的破關？

而當這男人說著如謎團般的話語時，忽然，他嗯的一聲，低頭看向了自己的右手。

心臟，剛剛穩定而充滿力量的節奏，忽然改變了。

節奏忽然加速，右心房用力壓縮，然後左心房快速釋放，伴隨著各大血管的開闔，顯示這枚心臟，正處於某種極度激烈的情緒中。

「心臟雖然脫離了主體，但仍與主體相連，是這心臟神祕之處。」那男人皺眉。「只是心臟跳成這樣？這個主體到底又要幹什麼瘋狂事了？」

怦怦！怦怦怦怦！怦怦怦怦！心臟顫動的速度，仍在加快！

「心臟的主人，又要亂來了嗎？」男人起身，那完美的高挑體型，隨著他的起身，宛如藝術品般伸展開來。「在完成『門』的使命之前，主體不能死，一死心臟也跟著停止，那表示，我得出手了。」

怦怦！怦怦怦怦怦怦怦怦！怦怦怦怦怦怦怦怦！心臟的速度，持續加快著，而且瘋狂加快中，竟然還出現了古怪的頓點。

「啊啊。」那男人低頭，皺眉，隨即又笑了。「這心臟的主人，竟然去找了那老頭？真是麻煩，真是麻煩啊。」

心臟仍在狂跳時，男人輕輕的躍起。

然後，就在他躍到高點之時，宛如魔術般，消失了。

高雅而神祕的，出動了。

這男人究竟是誰？他的出手，又會替此刻已經慘絕人寰的魔佛殺戮中，帶來什麼樣的驚人變化呢？

台北高鐵站外，九尾狐纖纖細手，慢慢的，慢慢的撫摸著她的第九條尾巴。

事實上，這條尾巴和其他八條尾巴相比，外觀委實平凡。

它沒有前五條尾巴那注滿了五行的力量，沒有金尾的亮麗，沒有木尾的雄壯，沒有火尾的氣勢萬千，更少了咒尾那包滿了符咒的神祕，這條尾巴，就是一條普通的狐狸尾巴而已。

柔柔軟軟的長毛，撲滿了動作靈活的尾巴上。

「這是我的第九尾，不知道您還記得嗎？」九尾狐眼睛瞇起，看著正慢慢從遠處步行而來的魔佛H。「這條尾巴，是因為您而命名的。」

魔佛H仍是雙手合十，緩步而來。

就算剛才擊敗了魔神級的賽特，魔佛H看起來仍毫無損傷，依然散發著混合了悲傷、憤怒、恨意的巨大魔佛之氣，朝著九尾狐方向而來。

「來吧！聖佛！」九尾狐低吼了一聲，然後手上的尾巴在空中迴轉了半圈，在她的指尖化成了一只梳子，白玉色的梳子。

然後，九尾狐舉起手上的梳子，朝魔佛狂奔。

魔佛H眼睛抬起，他背上的黑色湛盧劍，噌一聲，出鞘。

劍快如黑電，捲著濃烈殺氣與冰冷劍氣，宛如一捲狂浪，衝向九尾狐。

但九尾狐依然往前奔著。

「一把臭劍，想擋我千年道行的鑽石皇后？」九尾狐冷笑，「就算我剛與瑪特戰後受傷，也不把你放在眼裡。」

說完，九尾狐五尾竄出，分五路攻向湛盧，金走上，木攻左，土掌下，火右襲，以水居中主攻。

五行交錯，相生相息，瞬間纏繞住湛盧，湛盧劍，這柄來自古老聖人之手的自然之劍，經過魔佛淬鍊而入魔，威力雖強，但卻在五行中失去了方向，崩的一聲，劍落地，而九尾狐已然衝了過去，猛力一躍，舉起手上梳子，就要朝著魔佛H，梳了下去。

這剎那，魔佛H只是將左手輕輕往上一托。

這一個細微不起眼的動作，卻讓夾著凌厲氣勢的九尾狐，感到呼吸一窒。

然後，她眼前的世界，陡然驟變。

因為，九尾狐宛如瞬間移動般，撞上了高鐵站外的天花板上，在不斷落下的灰塵中，九尾狐咳了一口好濃的鮮血。

「好痛喔。」九尾狐吸了一口氣，咬著牙。「佛，你還是和我記憶中一樣厲害啊。」

然後，九尾狐陷入的天花板凹洞中，忽然竄出八條尾巴，金黃色，火紅色，水藍色，深土色，棕木色，飄柔的透明色，一團如霧灰色，凜冽的銀劍色。

以及，在八條尾巴之中，拿握著梳子的九尾狐。

八條尾巴，化成猛力的火藥，不斷的轟擊著步行向前的魔佛H，魔佛依然在前進，周身都是八條尾巴用盡全力，瘋狂轟炸的火焰，重浪水花，碎裂金石，以及魔幻咒術，同時炸開，這畫面極度美，也極度壯闊。

但，無論八條尾巴怎麼狂轟，九尾狐怎麼耗盡畢生靈力，就是無法撼動魔佛H分毫。

魔佛H依然謙卑的走著，依然緩步的走者，黑色濃烈的長髮依然飄揚，身旁的那些狂暴尾巴的轟擊，彷彿都與他無干。

「啊！」九尾狐尖叫，她決定不管了，她如果無法在這裡對魔佛H進行梳髮，魔佛H將會把整個地獄遊戲都毀滅。

所以，她只能衝了，賭億萬分之一的機會，也許，她真能梳到魔佛H的長髮，也許，她真能讓魔佛H感動，也許她能在肉身完全消失之前，梳到魔佛H的長髮一次。

而當九尾狐發出充滿決心的尖叫，奮力衝向魔佛時，她的眼光忍不住瞄向了魔佛H的左手，尤其是那帶著傷疤的小指。

「幾千年了，您那小指的傷疤，還沒完全消失嗎？」九尾狐不斷的下衝，眼看，魔佛H越來越近，已經就在眼前。「為了救我，讓您無敵的身軀有了缺口嗎？」

九尾狐咬著牙，舉著梳子，就在眼前了。

事實上，無論是九尾狐或是剛才的蜘蛛精娜娜，所有的行動，都在百萬雙的眼睛注視下。

他們是倖存者，從高雄、台南、台中、新竹，以及原本台北城的玩家。

無論是現實玩家與非現實玩家，他們在過去一小時內瘋狂的逃入了台北，這個最後的島嶼，他們就算不懂得始末，但他們也隱隱可以感覺到。

最後的生機，就在這三個女人，手上的三把梳子上。

娜娜一戰，許多高手陣亡了，最後撐過去，是靠那個擁有沙漠力量的黑沙魔神。

現在呢？

九尾狐正在孤軍奮戰。

但玩家們卻只能握拳，咬牙握拳。

因為他們也很清楚，魔佛H太強，太強，其等級之高，甚至凌駕於女神之上，在如此「絕對的存在」之前，實力不足的玩家，根本無法與之抗衡，只有瞬間灰飛煙滅的份。

有辦法嗎？還有什麼辦法嗎？所有玩家都握著拳。

竟然讓所有的責任都讓三個女孩扛下？我們，還能做什麼嗎？

我們，還能做什麼嗎？

九尾狐的身體，在接近魔佛H之前，就開始消散了。

消散，就像是方糖溶化在水裡一樣，先是肌膚，然後是肌肉，接著是骨頭，不斷的融化消解。

消解的原因，當然是因為魔佛H，當然是因為魔佛H的力量離九尾狐越來越近，近到已經快要將這活了數十年的大妖，化成灰燼。

「啊啊啊啊。」九尾狐手拚命往前伸著，她想要在化成灰燼之前，梳下一次，只要梳下一次，消除了魔氣就好。

但，距離實在太遠了。

梳子距離魔佛H長髮前三公尺處，九尾狐就已經快要完全消失了。

「沒救了嗎？」九尾狐聽到自己的尖叫，帶著哭音。

她終究沒有辦法，拯救聖佛嗎？終究沒有辦法實現當年的承諾嗎？沒辦法報答聖佛替她所做的犧牲嗎？

沒有辦法嗎？

然後，九尾狐看見了那東西。

那東西，外型呈長條形，約莫一個手掌長度，銀色，帶著美麗絕倫的弧線。

它飛舞著，優雅的，且充滿意外的出現在九尾狐的雙眼之前。

不過它外型並不重要，重要的，是它的出現，九尾狐現在所位處的位置，距離魔佛只有三公尺。

這三公尺，別說一般玩家，就連黑榜大妖，就連亞瑟王與德古拉都必須集中全身力量，才能踏入，這可是看似平凡但卻凶險異常的滅殺領域。

這東西，是怎麼進來的？是怎麼穿透層層魔氣，來到九尾狐面前的？

「這是……」九尾狐先是訝異，隨即笑了，因為她懂了，是誰有這樣的能耐，能與九尾狐一樣，如此逼近魔佛。「手術刀啊！」

手術刀？

在地獄遊戲中，有誰的武器是手術刀？

還有誰？

九尾狐笑了，然後她看見了，手術刀不止一把，接連出現十餘把，宛如一條條銀色雨線，帶著穿破空氣的低頻聲，擦過九尾狐臉頰，然後直直的射向了魔佛H。

「神魔人三界中，最會用手術刀的男人，非你莫屬啊！」九尾狐的聲音是雀躍的尖叫。

「黑傑克，你終於出手了嗎？」

黑傑克，黑桃J，一個醫術與華佗相當，但戰力卻不下於項羽的隱藏高手，終於出手了。

數十把雨線般的手術刀，像是保護傘般，保護著九尾狐，不斷穿破魔佛H魔氣形成的障蔽，將九尾狐帶到距離魔佛H只剩下兩公尺的地方。

但魔佛H有了動作，他嘴巴微微動了，吐了兩口氣。

就是這口氣，將娜娜等人殺得是措手不及，如今，魔佛這口氣又來了，化成濃烈的烈火與冰冷的氣，捲向了九尾狐，但就在此時，十幾把手術刀改變了排列，三在上，三在下，三在左，三在右，中間則是唯一一刀。

當這排列出現，除了九尾狐驚訝之外，甚至魔佛都微微皺眉了。

因為手術刀排出來的是一個字，「卍」。

這是佛的印記，卻也是黑傑克最強的絕招，那是他動過無數手術，割開無數身軀，治療了無數怪病後，得到了一個神聖刀法，就剛好正是「卍」。

卍字出現，魔佛的兩口氣，竟然冷熱分離，熱上湧，冷下捲，就這樣被這手術刀給逼開了。

「好，黑傑克，你好棒，好愛你喔。」九尾狐語氣好興奮。「回去一定好好親你一下，沒想到你已經這麼厲害啦！」

但，就在九尾狐終於逼近到二公尺之處，她伸出了手，如火焰的黑髮就在眼前之際。

魔佛H再次出招了。

左掌伸出，然後往前一推。

只是這一推，又出現了殘影，第一掌後面跟著第二掌，第二掌後面又跟著第三掌，轉眼間，三掌先後來臨。

雖然沒有剛破殺賽特的雙十六，也就是三十二掌來得厲害，但其魔氣已經驚世駭俗，朝著卍字的手術刀而來。

轟。

卍形的手術刀雖然堪稱最強的防禦，卻也在這三掌前，瞬間崩潰，手術刀亂飛，有的碎裂，有的崩解，有的更是當場對折。

而且卍字崩潰後，這三掌餘勢不衰，朝著九尾狐直飛而來。

「糟。」九尾狐正要尖叫，但令她更驚訝的卻在後面，因為這三掌並未擊中九尾狐，反而從她的臉邊擦過，飛向了她的身後。

九尾狐只頓了半秒，隨即明白，她心中一酸，急忙回頭大吼。

「快逃！」九尾狐吼聲中帶著無比的焦急。「黑傑克！那三掌是朝著你來的啊！」

但，她的大吼慢了一步，又或者說，警告根本無用，因為三掌飛去後，九尾狐後面的牆頓時凹出了三個巨大掌印，掌印之大，如同山西大佛的佛印。

凹陷的中央，一個穿著黑色披風的男子，已然被埋在其中。

男子的嘴角不斷淌著血，身體千瘡百孔，衣服碎爛。

「真是名不虛傳。」這男子苦笑，又是一口濃血噴出。「地獄第一高手，聖佛，果然，名不虛傳啊！」

「剩兩公尺了。」九尾狐大叫，好不容易，好不容易黑傑克的手術刀已經將她帶到這裡了，她一定要梳到魔佛H的黑髮。

可是，她的手才伸出，卻被一個東西擋住了。

那東西，也是一隻手，滄桑，佈滿了傷痕的手，那是九尾狐最不想見到的一隻手，正是魔佛H的左手。

「佛。」九尾狐快哭了，「不要，一旦你阻止了我，你自己會陷入萬劫不復，你會親手毀滅這地獄遊戲，你會背負數百萬生靈的死，這不是你所願的，不是嗎？」

魔佛H看著九尾狐，魔佛的眼睛好悲傷，但他的左手，卻沒有停止。

魔掌，揮出，就要擊向了九尾狐的胸口。

九尾狐閉上了眼睛，一滴眼淚，就這樣順著她的臉頰滑下。

她不是為了自己而哭，而是為了佛而哭，那個慈悲溫柔的佛，如今入了魔，毀了地獄遊戲，殺了這麼多人，將背負永恆的罪，除非時間可以逆轉，但，「時間」是連神魔都無法抵抗的一個命運……

於是，她哭了。

那一滴淚，在情勢激烈，瞬息萬變的戰況中緩緩落下，落下，最後，落在一個粗豪的拳頭背上。

粗豪的拳頭？

一個擋住魔佛H左掌的拳頭。

這裡是距離魔佛只剩下兩公尺的位置！魔佛之掌何等威力！那個人，竟然就這樣闖入了這裡，然後用自己的拳頭，擋住了魔佛H的左掌！

看著這人的背影，九尾狐原本就流淚的雙眼，被淚水弄得更模糊了。

這人的背影很大，很粗獷，像是一頭野獸。

也許，就是這樣的野獸，才能這麼莽撞，這麼瘋狂的闖入魔佛的領域。

「你……」九尾狐認出了這背影，身體微微顫抖著。「你怎麼會是魔佛的對手，你這頭笨狼，笨狼，你，你來幹嘛啦！」

「臭狐狸，說好，我不是為妳來的，我是為了H小子而來的。」那背影的語氣粗豪，「這小子平常老是慢吞吞的，但這次，真的太過分了，該讓我這個老哥，來打醒他啦！」

「老哥……」九尾狐又哭又笑，她笑的原因，是因為她已經認出了這人的身分。

那是一頭狼，是一個臉上盡是怒氣的狼人，而他的狼毫，此刻盡數翻白，顯示他的怒氣已經到了極限，而他的心臟處更是古怪，只有一個深陷的凹洞，表示心臟此刻並不在他的身上。

他是誰？不用問，他當然就是獵鬼小組中的三號，排行在少年H之前，也是少年H多次一起出生入死，最佳的夥伴。

狼人T。

「H，你別他媽的給我亂搞！」狼人T發出怒吼，滿嘴獠牙張開，「給我醒過來！」

狼人的粗壯手，吼聲中，猛力擊向魔佛H的左手，一拳接著一拳，其氣勢之強，每拳都帶著狼人T視死如歸的豪氣。

而魔佛H的表情，也在這一瞬間，轉為了柔和，似乎因為碰到了老夥伴而想起了什麼……可惜，這瞬間實在太短，隨即，魔佛H右手一翻，由右掌發動攻擊。

「吼！」狼人T發出大吼，拳頭揮出，全身肌肉繃到極致下，他的拳頭甚至與空氣摩擦出火焰。

轟的一聲，與魔佛H的左掌對撞，雙方一震，狼人T竟然沒事！他接住了，他接住魔佛H看似平凡，實則毀天滅地的左掌。

「接住了？」九尾狐訝異。「這狼，發起瘋來這麼厲害？難怪地獄遊戲這麼險惡，他還能活到現在？」

「快醒醒啊。」狼人T持續大吼著，拳頭再揮。「H小子，我不認識什麼屁佛，但我認識你，你不會喜歡殺人的！」

狼人T的拳頭再次在空中摩擦出火焰，宛如一團滾滾火球，擊向魔佛H。

魔佛H左掌再出，而這次，他的左掌已經出現殘影，殘影分成了四掌。

四掌，夾著平淡但卻恐怖至極的威力，拍向了狼人T的拳頭。

狼人T沒有任何對付魔佛H魔掌的策略，他只有不斷揮拳，沒有保護自己，拚命的揮著拳頭。

火焰的拳頭猛擊魔佛H四掌的第一掌，第一掌，就在狼人T的火拳下，崩解了。

「破了一掌？」九尾狐好訝異。

「快醒醒！H小子，大家都在等你啊！」隨即，狼人T再次揮拳，突破身體極限，又是第二拳的火拳，轟向了魔佛H的第二掌。

噗的一聲，火熄滅，但第二掌也被抵消了。

「醒醒啊！」狼人T的吼聲中帶著沙啞的哭音，突破極限的極限，再揮第三拳，噗的一聲，魔佛H的第三掌也抵消了。

可是，九尾狐隨即發現，不斷突破極限，到已經沒有極限可以突破的狼人T，拳頭已經舉不起來了，但魔佛H可是還有一掌啊。

狼人T拳頭軟軟下垂，事實上，在第一拳時，狼人T就知道自己的肌肉已經完全壞死，骨頭也碎光了，後來兩拳靠的全都是狼人T那對少年H無與倫比的意志，才能舉起手臂。

如今，連意志都用完了，狼人T只能瞪著魔佛H的掌，離自己的胸膛，越來越近。

他無力了。

這些年來，仗著他一身熱血，一身簡單但總是不斷突破極限的戰法，狼人T殺敗了許多比自己強好幾個等級的對手，甚至連女神都殺不死狼人T，但，如今，狼人T無力了。

聖僧這樣的角色，的確不是單靠熱血與突破極限能夠打敗的。

太厲害了。

「救不了。」狼人T全身的靈力都已經虛脫，「我，真的救不了你了嗎？H小子？」

第四掌，拍中了狼人T的胸膛。

瞬殺？

九尾狐放聲尖叫。

螢幕前，百萬玩家則同時別開了眼睛，不忍看到狼人T的結局。

但，在這些人之中，卻有一個男人的反應與其他人截然不同，這男人有著雌雄莫辨，俊俏完美的五官。

「西兒心臟之主啊，」他露出了帶著邪氣，又些許憤怒的笑。「你就是要這樣亂搞？……搞到我非親自出手不可嗎？」

事實上，在當佛魔H的四掌合一，拍上狼人T胸膛後的十二秒，整整十二秒，所有的攝影機的畫面，是故障的。

像是鏡頭上被蓋了一塊印著「國防布」的黑布般，影像在最關鍵的一秒，全部轉黑。

所有的玩家，無論是看著手機，看著電視螢幕，看著電腦畫面的，都同時啊的一聲。

十二秒，對人類而言也許很短，但對神與魔，佛與妖來說，已經夠了。

就在這十二秒內，魔佛H發現，他的掌，沒有拍中狼人T的胸膛。

因為，又多了一個人。

這人突然出現在狼人T的身後，以優雅而狂霸的姿態，輕易的闖入一公尺內，然後以手為刀，劈向了魔佛H的第四掌。

這一刀，竟然抵消了魔佛H的這一掌。

九尾狐訝異了，她實在太訝異了，因為她萬萬沒料到，這人竟然會出現？

這人冷冷一笑，「我不是來和你打的，老頭，我是來帶人走的。」

說完，他一拉狼人T的身軀，就要將狼人T整個人扯走。

魔佛H微微皺眉，正要收手，但下一秒，另一件事卻發生了，因為原本已經無力要被扯走的狼人T，忽然再次發出大吼。

「九尾狐，看清楚，要把握時間！」狼人T大吼間，還帶著大笑。「要把握時間啊！」

「咦？」

「其實，我才是最聰明的！」狼人T笑完，忽然往前一撲，不知道哪來的力量，掙脫了那俊俏男子的手，緊緊的抱住了魔佛H的身體。

「啊。」

這秒鐘，所有人都愣住，但也隨即明白了狼人T想做的事。

他想死。

他想死，他想用死逼得這俊俏男人與魔佛H，真正的交手。

因為只有他們真正的交手，九尾狐才有機會完成她想做的事。

而且，也只有他們真正的交手，才有那麼萬分之一的渺茫機會，他的老友，H，才會得救。

狼人Ｔ想死，他想為了Ｈ而死，為了自己的老友而死。

這，就是狼人Ｔ。

不容許，對魔佛Ｈ而言，他不容許自己的身軀被擁抱，因為危險，也因為他是魔，魔厭惡這樣的與人的接觸。

所以，他的掌來了。

但，魔佛Ｈ對面的這個俊俏男人，也同樣不容許，他不容許自己花了數百年得到的寶貝，被魔佛Ｈ給摧毀。

所以，他的手刀揮了出來。

「哈哈哈。」只聽到緊抱魔佛Ｈ的狼人Ｔ，放聲大笑，「就說老子才是最聰明的吧，這下，真的逼你出手啦，鑽石Ａ。」

鑽石Ａ。

不就是，撒旦嗎？

俊俏男人怒，但沒有笑，他倒不是不欣賞狼人Ｔ這瘋狂的創意，只是他必須屏氣凝神，因為他的對手，是魔佛。

數千年來，聖佛是被人公認的地獄第一強者，他的實力絕對不容小覷。

就算撒旦對自己的惡魔之力有絕對的自信，但是眼前這仗，可是出了點差錯，就會形神俱滅的硬仗啊。

此刻，所謂的「速度」，所謂的「技巧」，所謂的「計謀」，全部都沒有意義。

這是一個純然力量的對決。

撒旦舉起了右手，化掌為刀，嘴裡喃喃自語，只見那手刀射出凜冽黑芒，黑芒隨著咒語不斷的往內收斂，內斂到手掌的邊緣，化成淒厲黑光，黑光隨著手刀往下揮，越來越強，越來越強。

越來，越強。

九尾狐只看得到全身戰慄，因為她已經看不到那隻手刀了。

她看到的，是一顆黑色的彗星，彗星周圍的火焰是深不可測的黑色，九尾狐知道，當這黑色彗星穿過夜空，其陰森的黑色尾巴，帶來的不只是厄運，而是毀滅世界的災難。

撒旦用全力了。

因為他很清楚對手的等級，他的對手魔佛，形態也跟著完成。

那是太陽。

黑色的太陽。

黑色的太陽之中，魔佛H手打開到了極限，然後雙手在空中畫了一個圓，圓的路徑上，都留下了一個手的影子。

當圓畫完，十六隻手，不，數目更勝十六，足足多了四倍，六十四隻手，各自展現不同的姿態。

然後，六十四隻手掌匯集，一股作氣，轟擊向眼前的彗星。

而彗星也同時反擊，拖著強烈災難的黑色尾巴，衝向眼前的太陽。

九尾狐看呆了，不，應該是說，被這樣驚駭的力量完全震懾了。

但，一個聲音卻將她從震驚的深海中，硬是扯了出來。

那是狼人T嘶吼的吶喊。

「就是現在啊，傻狐狸，不趁現在梳，妳還要什麼時候梳啊。」

「我不是傻狐狸!你才是大笨狼！」九尾狐哭著笑著回嘴，同時伸出了梳子，朝魔佛H的長髮，梳了下去。

彗星撞上了太陽，雙方力量短暫僵持，也就在僵持的瞬間，九尾狐的梳子，已然滑入了魔佛H黑色的長髮中。

梳到了。

梳子不斷下滑，九尾狐可以感覺到，許多的黑髮，隨著梳子，輕柔的落下。

可是，怎麼會這麼悲傷？

那些悲傷，化成了一個又一個人的影像，貓女，阿努比斯，狼人T，吸血鬼女，娜娜，甚至是九尾狐自己，許許多多，H與聖佛經歷過的人，悲傷的事，被殺害的人，他們的痛苦，悲傷，死前未竟的心願，都順著魔佛H的長髮，順著九尾狐的梳子，傳達到了九尾狐的心中。

好痛！

怎麼這麼痛？

貓女的離開，讓你這麼痛嗎？少年H。

終於，當九尾狐的梳子，梳到了底，彗星也離開了太陽。

狼人T的身軀，被撒旦給拖開了。

「呼。」撒旦，黑榜上的鑽石A，這個雌雄莫辨，堪稱地獄遊戲有史以來最俊俏的男子，肩膀上，正扛著狼人T的身軀。

撒旦伸出手，抹去嘴角的血。

「我贏了，老頭，還是搶到了這個身體。」撒旦大笑，轉身，但沒走兩步，他就突然單膝跪地，嘴角吐出嘩啦啦的一大片鮮血。

「你的頭髮，也被那狐狸梳到了。」撒旦起身，又走了兩步，又跪地，又是一大片鮮血噴出。

「老頭，你糗了你。」撒旦好不容易又起身，走不到兩步，卻又跪下，地上又多了一大片鮮血。

「哈哈，哈哈，你啊，還是心存善念，對吧？」撒旦繼續吐血，繼續前進，不斷的走走停停。

「這點善念，表示你不夠壞，笨蛋，哈哈哈哈。」終於，撒旦走到了高鐵站走廊的盡頭，身影消失。「你不是我啊，我才是真正的惡魔啊，哈哈哈。」

當撒旦笑著離開，地面上，只剩下一大灘又一大灘的鮮血。

與魔佛H對這一掌，不知道傷了撒旦多少真元，已無從得知，但可以肯定的是，吐了這麼多血的撒旦，短時間內無法再現身影響戰局了。

而魔佛H呢？

他停下了腳步，慢慢的，吐出了一口氣，沒有吐出任何的血，他踏出穩定的步伐，繼續往前走去。

這一切事件，事實上只經過了十二秒，包括撒旦來襲，狼人T犧牲，兩強對決，到撒旦吐血而走，一切都只有十二秒，當攝影畫面再次出現在百萬玩家面前，他們只見到九尾狐坐在地上喘息，地面上一灘一灘遠去的血跡。

還有，魔佛H的頭髮又減少了，剩下三分之一了。

看見這一幕，就算玩家們無法猜出剛剛消失的時間發生了什麼事，也知道接下來的發展了。

只剩下一個了。

吸血鬼女。

她手上的梳子，將決定最後全部玩家的命運了。

就在這時候，台北火車站內。

土地公與賽特身旁，突然多了一個穿著黑衣的訪客。

訪客坐下，順手把他帶來的塑膠袋，放到了地上的食物堆裡頭，那塑膠袋中，裝的是兩袋東山鴨頭、兩袋鹹水雞，還有幾杯綠茶。

「一起吃。」那影子坐下，身上的黑色大衣，順著坐下的風，往後飄揚。

「嘿，你來啦。」土地公瞧也沒瞧那訪客一眼，就從塑膠袋中，撈出一個東山鴨頭，用力啃了一口。

「是。」

「東西找著了？」土地公問。

「找到了。」訪客點頭。「不容易，但總算湊齊了條件，拿到了這項道具。」

說完，訪客伸手入懷，那是一個大的玻璃罐，玻璃罐的蓋子是紅色的，像是小時候柑仔店專門裝糖果的罐子。

「嗯。」土地公嘴角微揚，伸手接過那糖果罐。「這就是隱藏道具『當我們同在一起』？」

「是的，我如你所說，拿到了這神祕道具。」訪客回答。「道具事典中，排行僅次於『黑蕊花』，危險等級從最低的1到最危險的99都囊括，堪稱最古怪的道具。」

「嗯，」土地公點頭，把這看似毫不起眼的糖果罐還給了訪客。「東西到手了，所以，第三梳你要親自出馬？」

「呵。」訪客沒有立刻回答，卻在胡狼面具下的臉，露出了淺淺的，且堅定的微笑。「只為老友，不是嗎？」

「是啊，只為老友，不是嗎？」

「時間到了，該出發了。」胡狼面具的訪客起身，霸氣，在此刻如海嘯般，以他為中心，往四面八方湧現。

「祝福你。」土地公握拳，與訪客碰了碰拳頭。

「也祝福你。」賽特也伸握拳，與訪客碰了拳頭。「從古埃及認識到現在的敵人……或朋友。」

「是啊，從古埃及開始到現在，也認識好幾千年了。」胡狼面具的訪客大笑，踏出了堅定的步伐，朝著高鐵方向奔去。

胡狼面具，古埃及之神，只為老友，所有的線索，都指向這訪客唯一，且無可取代的身分。

「少年H啊。」那訪客大笑中，已經來到了高鐵站前，「我，阿努比斯來也。」

我，阿努比斯，來也。

「保重。」

火車站的另一頭，女神輕輕的闔上了書，闔上的書名是為「陰咒」。

然後，女神閉上眼，輕輕的呼吸著。

「魔佛H很強，尤其到了第三梳，沒有退路的魔，更不會有絲毫保留，所以你的處境才是最危險的。」女神低語。「阿努比斯啊，這千年來你對我忠心不二，對於你固執想做的事，我不想阻你，但我只能勸你……」

「你的牌，是死神。」女神這口氣，嘆得很輕。「若做了這決定，等待你的，將是死神啊。」

第八章　09-8549-8549

就在台北高鐵外，三個子程式聯手對付魔佛H，戰局驚心動魄之際。

另一個大大影響地獄遊戲未來的事件，正在所有玩家遺忘的角落，悄悄的發生著。

暗巷中，一頭肌肉如鋼鐵的母獅子，正發足狂奔著，嘴裡更不時發出威嚇獵物的低吼。

而母獅前方，則是一個以冰在地面滑行，但身形狼狽，跌跌撞撞的妙齡女子。

妙齡女子不時回頭，然後手一甩，一團團鋒利的冰球，從她手上激射而出，射向了母獅。

但母獅卻只是張口，發出一聲低吼，低吼化成一圈又一圈鋒利的聲波，將冰球在半路就擊碎，化成毫無傷害力的冰屑，

「怎麼辦？」前面的女子滿頭大汗，表情惶急，「這埃及女獅神好厲害，我對付不了啊。」

埃及女獅神？這不就是瑪特的第一助手？而當時她發足追逐的人，難道就是與吸血鬼女分開的天使團雙翼天使……小桃？

「吼。」只見，獅子雙足陡然加速，瞬間逼近了小桃的背後，然後獅爪往前一抓。

「啊！」小桃只覺得背後一涼，隨即傳來被爪子劃破的疼痛。

小桃咬牙，雙手往地上一拍，強大的冰氣蔓延到腳底，化成一雙冰刀鞋，讓小桃加速逃

離後頭母獅的爪子。

「差一點啊。」母獅王冷笑，聲音是帶著磁性的女音。「下一次，抓的就不是妳的衣服，而是妳的內臟囉。」

「怎麼辦？」小桃不斷來回滑動雙腳，試圖提升自己的速度，但她背後的母獅速度實在太快，無論小桃怎麼加速，對方就是穩穩的咬在自己的後面一公尺處。

到此刻，小桃比誰都清楚，她只是母獅口中，被玩弄的獵物。

母獅要殺小桃，隨時都可以。

「怎麼辦？」小桃眼淚湧現，還有誰能救她？這個魔佛要摧毀整個地獄遊戲的此刻，每一個夥伴不是重傷，就是已死，又或肩負著極度重要的任務，還有誰能幫她？

「好啦，玩夠了，該動手了，不然我家主人又要生氣了。」母獅獰笑，張開了嘴，剛破壞冰球的聲波再次出現。「深夜叢林中獅子的吼聲，攻擊！」

獅子，向來是深夜叢林各種獵物的惡夢，而且，獅子之所以恐怖，不單是牠的力量與速度，牠還有一項令人膽寒的武器，那就是吼聲。

比起同樣貓科的貓，獅子的吼聲不是柔細的喵喵聲，而是充滿了恫嚇力的低吼。

這樣的低吼，會讓任何在草原裡緩慢移動的獵物，感到發自內心的恐懼，因為恐懼而讓獵物失去判斷力，甚至不敢還擊，成為獅子口中的大餐。

而獅子的低吼為何有這樣奇異的力量？根據研究，獅子的吼聲其實很接近人類嬰兒的啼哭聲，那不規律的音波震動，會大大干擾其他生物的專注能力，其中的差別是獅子的頻率較低，而且強度比嬰兒啼哭大了百餘倍。

這隻母獅王的吼聲，就是牠最強的武器。

獅吼化成一圈又一圈無形的音波，任何擅自跨入聲波圈的獵物，不是被摧毀，就是會喪失行動能力。

如今深陷在聲波圈的獵物，正是小桃。

不斷哭著，卻想不出任何解決方法的，小桃。

「牠的吼聲太厲害了，不只是會破壞我的冰球，更會干擾我的速度。」小桃連擦眼淚的時間都沒有，只能拚命靠著冰刀往前滑。「怎麼辦？我，難道，難道，就要死在這裡了嗎？」

「吼。」獅吼聲又來了。

這吼聲一來，小桃只覺得內臟一震，無法控制的，速度又降了下來。

這一降，可不是跌倒或摔跤那麼簡單，因為她背後的獅子，已經來了。

雙獅掌，十根鋒利的爪子，從毛茸茸中透了出來，然後在空中揮出一個高速的半圓，半圓的底端，就是小桃已經破碎的後背。

會抓中。

百分之百，會抓中。

而且不只抓中，那尖銳的十根爪子，會抓入肌膚，穿入肌肉，勾出內臟，扯出小腸，然後小桃整個背，被撕成大大的兩塊。

這就是獅爪的威力，也就是緊跟在獅吼之後，獅子這生物稱霸草原的惡魔雙重奏。

「啊啊啊啊。」小桃哭聲中，忽然，她察覺到了異狀。

一發子彈，竟在這瞬間，從前方而來，擦過了小桃的側臉，射向了背後揮爪而來的獅子。

「吼。」獅子一個急迴旋，身體在這迴旋中回復了人形，驚險的避開了這發子彈。

當母獅王雙腳站定，已經恢復了原本獅頭人身的模樣，高挑的身材配上少少的衣物，將她原本就火辣的身材，襯托得更加誘人。

然後，母獅神打開手掌，剛剛的子彈，竟然被她抓在了手心。

「這子彈……你……你是阿努比斯！」

「阿努比斯？」小桃驚喜回頭，見到這暗巷的底端，一個頭戴胡狼面具，身穿黑色大衣的男人，正傲氣十足的站著……

「你不去保護女神，來這裡幹嘛？」母獅皺眉，獅頭人體的她，擺出備戰的姿態，因為她知道對手是阿努比斯。

阿努比斯，可是與瑪特在同一個等級的神級人物。

「……」戴著胡狼面具的黑衣男子沒有說話，只是慢慢的，抬起了手上的獵槍，漆黑的槍孔，宛如一枚眼珠，對準了母獅神。

「不離開，就直接開槍嗎？果然很像阿努比斯的作風。」母獅嘴角顫動了一下，僵持了數秒後，決定起身，笑了兩下。「算了，我打不贏你，你要罩她，我也沒辦法。」

「……」阿努比斯沒有回答，手上的槍仍對著母獅。

「好啦，別一直拿槍對著我嘛。」母獅聳肩，輕擺翹臀，踩著尖尖的紅色高跟鞋，往暗巷另一頭走去。「我認得你的胡狼面具，那充滿了歲月和戰場的氣味，我遠遠就聞出來了，知道你很厲害，我打不贏你啦。」

「……」阿努比斯的槍，仍對著母獅神，倒是一旁的小桃，眼眶含淚，朝著阿努比斯奔去。

「謝謝你！沒想到，你會來救我！你真的是我的偶像！」小桃朝著阿努比斯衝去，甚至用力抱住了阿努比斯的脖子。

阿努比斯依然沒動，他的槍，仍緊緊對著母獅神。

也就在這時候，小桃忍不住輕輕咦了一聲，她發現她懷著感激心情，正在擁抱的身軀，有些怪怪的。

這份怪，來自這男人腰間大衣下，所繫著的東西。

針織娃娃？

小桃一愣，這不是她拜託某人送給阿努比斯的……針織娃娃嗎？她以為，某人不會將這娃娃送給阿努比斯，不，事實上，某個人絕對不會送的，所以阿努比斯絕對不會有這個針織娃娃！

如果阿努比斯絕對不會有這針織娃娃，那……這個人怎麼會有針織娃娃？

小桃猛然抬頭，她可以確信這散發著古老氣息的胡狼面具，是屬於阿努比斯的，因為就連母獅神的嗅覺，都如此認定。

但，那只是胡狼面具，胡狼面具下面的人，是誰？

然後，小桃看見了胡狼面具的下方，一個東西，晶亮的，透澈的，順著臉上的弧線滑到了下巴處。

汗水？

這個「阿努比斯」正在流汗？

接著，那快要消失在暗巷盡頭的母獅王，咖啦咖啦的高跟鞋腳步聲，停了。

她那嬌俏的身材，慢慢回身。

「汗，的味道？」母獅王眼睛，綻放陰冷光芒，嘴角冷笑。「阿努比斯，有這麼熱嗎？怎麼在流汗？」

下一瞬間，所有的事情，忽然在下一瞬間，全部發生了。

母獅王陡然回身，回身的過程，竟然直接幻化成一頭兇猛至極的母獅，然後母獅沿著暗巷直線狂奔，狂奔中，獅嘴大張。

獅吼。

密密麻麻，充滿殺傷力的聲波圓圈，比獅爪更快，來到了小桃與胡狼面具男人面前。

「去死！」胡狼面具男人放聲大吼，手上的獵槍開始發射。

獵槍子彈全部沒能飛過十公尺，因為全部被獅吼的圓圈擊落，他果然不是阿努比斯，阿努比斯的子彈殺神滅佛，母獅王的獅吼根本擋之不住。

子彈失效，母獅怒吼聲中，越來越近，獅掌張開，十爪映著月光，透著陰冷殺芒，朝著小桃兩人揮來。

「小桃！當年阿努比斯把面具交給我，要我代管遊俠團，所以這面具是真的！」那男人大叫，「這面具，是真的！」

「面具，是真的？」小桃看著男人扯下胡狼面具，然後用力一揮，竟將面具朝著母獅王扔去。

面具，是真的？

為什麼，這男人要特別提醒小桃這件事？為什麼？

小桃看著面具在空中不斷翻滾，朝著母獅王而去，然後，她雙手開始凝聚冰氣，越凝聚越多，到後來，小桃已經將全身的冰氣都集中到了雙手。

母獅仍在靠近，雙爪已然伸出。

「面具，是真的！」小桃大喊，雙手合一，所有的冰氣，更一起擊向了面具，那面具微微一頓，夾著凜冽冰氣，衝向了母獅王。

「滾。」母獅王張開口，獅吼聲波暴湧，想摧毀這面具。

但沒用，面具好強，竟然把所有的圓形聲波全部彈開，聲波無效，胡狼面具繼續在空中翻滾，夾著冰氣，衝向母獅王。

「滾啊！」母獅王露出驚恐表情，右獅掌猛然揮出，想撥開面具，但鏘的一聲，一個細微但清脆的聲響過去。

斷了，右獅掌的五根爪子，竟在碰到胡狼面具瞬間，被一股奇異綠光彈開，然後爪子全部碎斷。

面具還在逼近。

母獅王大吼，聲波無效，右爪無效，最後砰的一聲，面具砸中了母獅王的臉，她還來不及哀號，面具後面來自小桃的冰氣全部湧了出來，嘶嘶幾聲，母獅王就這樣被凍成一個獅子冰塊。

「嘎。」母獅王動也不動，但最後一擊卻已經來了，那是拿著獵槍的男人，他用力甩動獵槍的柄，朝母獅王冰塊砸了下去，砰的一聲冰塊碎裂。

碎成了一片宛如水晶雨的冰塊，在這些閃爍著美麗光芒的冰雨中，母獅王碎了，也死了，而小桃轉頭，看向了那個拿著獵槍的男人。

「有默契。」小桃笑。

「真的好有默契。」那男人害羞的用手抓了抓臉，他的手，少了小拇指，他只有九指。

「謝謝你救了我。」小桃回想起剛剛那默契十足的瞬間，莫名的感到臉紅心跳。「你幹嘛來找我？又幹嘛偷阿努比斯的面具……九指丐！」

九指丐，這男人果然是九指丐，那個曾經擔任阿努比斯地下情報團團長的丐幫之主，更曾經以阿努比斯面具率領遊俠團，擊潰薔薇團的男子。

九指丐抓了抓頭髮，笑著說：「阿努比斯的面具是他給我的好嗎？妳可以去翻前面的劇情，哎啊，這不重要。」

「哼，我記得啦，當時我就是被你騙，還以為你是阿努比斯，現在又騙了我一次，那下一個問題你要老實回答我。」小桃看著九指丐，大眼睛閃爍著奇異的光芒。

「說啊。」

「那就是，為什麼你會知道要來救我？」小桃看著九指丐。

「因為，我一直跟著妳。」

「咦？」看著九指丐的眼睛，那清澈堅定的眼神，小桃發現自己懂了。

她懂了九指丐的心情，甚至，也懂了自己的心情。

從誤送針織娃娃開始，一直到後來發現針織娃娃被九指丐藏在懷裡，然後又在這次暗巷中與母獅王的對決。

九指丐也知道自己不是埃及古神之一母獅王的對手，但卻寧可掛上阿努比斯的面具，來解救自己。

九指丐這樣的心情，小桃懂。

而她也懂了，自己的心情，每個女孩要的，不就是一份這樣堅定守護自己的感情嗎？

更何況，剛剛的默契，真的好得要命。

想到這裡，小桃忍不住微笑起來。

「不過，好可惜，妳最後終究有沒有猜出我給妳的祕密，」九指丐嘻嘻一笑。「那關於電話號碼的祕密。」

「祕密，對，我才要罵你，你當時給我的電話，根本打不通吧，到底09-8549-8549……」小桃嘟著嘴，對著九指丐用女孩獨有的牢騷語氣說道。「是哪個女生的電話？」

「唸唸看啊。」九指丐說，「有兩組數字是重複的，妳有發現嗎？」

「有啊，85和49是重複的，85，49，85，49……？」

「85，你覺得是什麼？」

「85，85，咦？是指寶物嗎？」小桃眼睛睜大。「那49，49……又是什麼？」

「49，當然就是『是假』啊。」九指丐大笑。「合起來就是，寶物，是假！」

「寶物，是假。」小桃喃喃自語著，「什麼寶物是假？啊，難道，你講的是那個大家瘋狂搶奪，最後落在比爾手上……」

「呵呵，妳終於懂了，」九指丐伸手入懷，用髒髒的手指，捻著一個柔柔細細的物體。

「寶物是假，所以真的東西，其實一直都在我這……」

小桃眼睛越睜越大，因為她已經分辨出九指丐手上，那柔細到迎風搖擺的物體，究竟是什麼了？

那是一朵花，孱弱的莖，孱弱的葉，以及深黑到彷彿會把所有光吸入的花蕊。

「黑蕊花！」

「對，」九指丐露出缺牙的笑容。「這才是道具事典中排行第一，危險程度不明，更是所有玩家都知道，但沒有任何玩家知道如何使用的寶物，黑蕊花！」

「那大家在搶的黑蕊花是……」

「當然是假的，一開始傑森攔截我時，我刻意落敗，並將假的黑蕊花交給他。」九指丐說。「從此整個地獄遊戲開始彼此追殺，哈哈，追的都是假的黑蕊花。」

「你……」小桃眼睛睜得大大的，這個九指丐，真的，真的很會騙人欸。

胡狼面具騙人，黑蕊花也騙人，但實在不得不承認，這九指丐，的確是一個很會騙人，而且很聰明的傢伙。

而且，和自己的默契，好好喔，小桃想到這，內心浮現了好複雜的情感。

一聲「面具，是真的。」小桃就明白了九指丐的背後含意，再加上，九指丐其實把黑蕊花的祕密，偷偷告知了小桃……

「我啊，」九指丐把黑蕊花遞了過來。「決定把黑蕊花給妳了。」

「我？」

「對，我想，黑蕊花到底是是什麼？這謎底應該很快就會解開了，但我們應該沒有能力解開它。」

「那誰才有能力？」

「我想，現在地獄最強的那個人，應該是最有能力的吧？」

「最強的……魔佛Ｈ！？」

「沒錯。」九指丐點頭，「我們一起去吧，去把黑蕊花拿過去，看看那個上知天文，下知地理，但偏偏殺人豈止如麻，不，不只麻，簡直是麻辣鍋的魔佛Ｈ，看他能做些什麼吧？」

「魔佛Ｈ嗎？」小桃看著手上這嬌嫩的黑蕊花，一股強烈的直覺湧上了心頭。

也許，這黑蕊花無法幫助魔佛Ｈ恢復成聖佛，但一定能派上用場的。

它的能力一定很特殊，特殊到地獄遊戲將它列為第一的寶物，更特殊到引來所有玩家的追逐。

這能力，一定能對魔佛Ｈ，甚至是整個地獄遊戲，派上用場吧！

於是，這兩個人，決定帶著黑蕊花，踏上高鐵站。

到底，這個在道具事典中排行第一的黑蕊花，究竟有什麼神奇的能力？

事實上，道具事典中排行第二的，「當我們同在一起」，也被阿努比斯帶著，來到高鐵站了。

這個危險等級從1標註到99，功能尚未明朗的道具，又有什麼驚人的威力呢？

「我們能做什麼？」

所有的玩家看著手機，看著黎明的石碑，看著電視，不自覺的朝著高鐵站附近移動了。

他們都問著相同的問題。

「我們能做什麼？」

在這個地獄遊戲有史以來最大的災難前，我們這些平凡至極的玩家，能做什麼？

在被魔佛H連殺了一百八十多萬人之後，倖存的一百萬人，都開始朝著高鐵站聚攏了。

除了被殺，我們一定還能做些什麼吧？

一定的吧。

台北火車站外，女神闔上了書。

「好像有點懂了。」女神臉上浮現神祕的微笑。「黑蕊花的功能，但如果真是這樣，好像對我不太有利哩。」

「算了。」女神單手托下巴，一個慵懶少女的甜甜笑容。「聖佛，先看你能不能過最後這個關卡，再說好了。」

高鐵內。

魔佛H再度前進。

原本宛如怒焰上衝的長髮，已經少了三分之二，但僅存的三分之一，其威勢卻一點都不減。

反而更怒，更強，更顯魔氣。

果然如女神所言，當已經沒有了退路，魔才會顯出魔的特性，殺無赦的特性。

而這一次，站在魔佛H面前的，是美麗高雅，手握金色梳子的女獵人，吸血鬼女。

「聖佛。」吸血鬼女眼神宛如寶石般閃爍著堅定的光芒。「我會救你，一如，你當年在吸血鬼村莊，擊敗血腥瑪麗，救了我的生命。」

魔佛H仍走著。

吸血鬼女舉起了她手上的梳子，背後的翅膀展開，然後往前一躍，翱翔了起來。

最後一梳。

過了，就能阻止魔佛，就能拯救倖存的百萬人性命了。

最後一梳了啊。

魔佛H呢？

他眼神依然悲傷。

無比的悲傷，但他的雙掌已經開始凝聚靈氣。

戰役，即將開始。

請看，地獄十三。

外傳《蜘蛛精》

這裡，是一個很奇妙的地方。

事實上，這裡是起點，整個地獄故事的起點，它的起點，甚至比地獄列車還要更早。

這裡是現實世界，充斥著成群的高樓大廈，大廈中有些燈依然亮著，有些燈已暗去，就是因為這些明暗交錯的光點，將這座充滿了高樓的城市，點綴出最美麗的夜之妝容。

這座城市位在美國，名為曼哈頓。

它不只繁榮，同時是全世界最大的金融匯集地，許多的故事在這裡發生，許多的傳奇在這裡被流傳，但也有數不盡的夢想與悲劇，也在這裡殞落，化成糞土。

曾經，所有的故事就在這裡開始，一通擾人清夢的電話，吵醒了一個美麗的金髮女子，當女子清醒，她親吻了她幼小的養女後，就打開窗戶，往下跳去。

她這一跳，並沒有粉身碎骨，反而迎著風，展開了她黑色的雙翅，優雅而美麗的在曼哈頓大廈中遨遊，當她落下，四個夥伴已經在等她了。

那四個夥伴，就是隊長羅賓漢J、幽靈騎士雷、騎著重機的狼人T，還有擁有中國古老道術的實習隊員，少年H。

那金髮美女，自然就是吸血鬼女。

她要執行的任務，名為地獄列車，也就是這趟任務，讓獵鬼小組幾乎全軍覆沒，吸血鬼女更因此重傷昏迷，一直到數月後，她也才進入了地獄遊戲。

這當中，她最捨不得的人，一直都只有那麼一個。

那就是她在臨別時，輕輕親吻額頭的那十歲女孩，那個被吸血鬼女收養的小女孩。

如今，當吸血鬼女深陷地獄遊戲中，肩負三個子程式，要解救入魔的聖佛時，這女孩，正在曼哈頓的某間咖啡館。

她已經長大，不再是十歲女孩的模樣，十七八歲的她，正值花樣年華，她桌前有杯咖啡，在裊裊的咖啡香氣中，她顯然在等人。

然後，當她面前的椅子被人嘎一聲拉開，女孩抬起頭，笑了。

「好久不見啦。」女孩笑了，金髮碧眼的她，笑起來特別甜。「萊恩叔叔。」

「呵，好久不見。」眼前，是一個微微發福，但笑容可掬的東方男子，約莫三十餘歲。

「一年沒見，變漂亮囉。」

「謝謝。」女孩笑得甜，「我每天都在期待這天，與萊恩叔叔的每年一次的約會。」

「呵呵，聽到一個十七歲的妙齡美女這樣說，」萊恩大笑。「已經步入中年的我，可是很開心的。哈哈。」

「萊恩叔叔，錯了喔，我不是十七歲囉。」

「咦？」

「我今天十八啦。」女孩甜甜微笑。「而且你別忘了，你曾經答應過我，當我十八歲時，你要給我的禮物。」

「妳還記得？」萊恩臉上掛起微笑，並揮手向侍者點了一杯咖啡。

「當然記得啊，從八年前，媽媽從昏迷中離開，」女孩笑著說，「我就在等這天哩。」

「嗯。」萊恩微微一笑，「媽媽……妳是說，妳的乾媽，吸血鬼女嗎？」

「是啊，我早就知道我乾媽媽不是普通人，因為她常趁我睡覺時，從窗戶跳下去，然後在高空中飛翔，她以為我都不知道嗎？」女孩笑起來，充滿了機靈與智慧。「包括你，萊恩叔叔，你也不是一般人吧？」

「呵呵，妳果然是聰明的女孩。」

「當年，媽媽把我交給晨阿姨和傑叔叔照顧，他們給我最棒的家庭，富足的物質生活，但，我還是很掛念媽媽。」女孩看著萊恩，眼眶中泛起了淚光。「我記得，當時我剛到晨阿姨家，每天晚上因為想念媽媽而哭溼了枕頭，然後，你就出現了……」

「對啊，我好像在那時候，去找了妳。」

「因為你的出現，解開了我心中的一個結，那就是『媽媽並不是不要我，只是她現在還沒有辦法回來。』你還答應我，當我十八歲時，你要告訴我『媽媽的故事』。」女孩笑，「後來，你有時候一年來找我一次，有時候半年，可是我一直在等的是，當我滿十八歲這一年，你要給我的禮物，『媽媽的故事』。」

「嗯。」

「今天，我十八歲了，你可以告訴我了嗎？」

「嗯。」萊恩看著金髮女孩，關愛眼神宛如父親。「但，該從哪裡說起好呢？」

「都好，萊恩叔叔，」女孩殷切的看著萊恩。「我等這麼久了，全部都告訴我好嗎？」

「事實上，妳媽媽的故事，和另外兩個阿姨的故事相關，如果妳不介意我賣個關子。」

萊恩的咖啡已經送來，他喝了一口咖啡。「我打算先從另外兩個阿姨的故事說起。」

「好，賣關子嗎？我想你會選這樣的順序一定有原因。」女孩點頭。「那我就聽吧。」

「嗯，第一個阿姨，她是一隻中國的妖怪喔。」

「嗯？她和媽媽不一樣，不是吸血鬼，是妖怪嗎？」

「而且，她是一隻蜘蛛變成的妖怪。」萊恩看著女孩。「她最有名的事蹟，就是試圖阻止唐三藏取經，但，我要說的故事，卻是她成為大妖之前的故事喔。」

「成為大妖之前的故事？」

「對，這隻妖怪是由蜘蛛煉化而成。」萊恩這樣說道，「她，是一隻蜘蛛精。」

她是一隻蜘蛛，誕生於露水之中，誕生於夜晚與晨曦交會之時，每日起床，唯一的感覺，就是飢餓。

於是，她每日唯一會做的事情，就是捕食。

捕食，對她而言並不難，她先在數枚樹葉間，黏上一根又一根的絲，絲與絲之間存在著一種獨特而美麗的排列，於是成了網子，接下來，她會做的事情又更簡單了，那就是等待。

等待一天，等待偶爾飛過的蟲子，因為誤觸了網子而被黏住，並且，在蟲子拚命掙扎把網子弄破之前，蜘蛛會爬到蟲子身邊，張開口，咬下。

蜘蛛齒間那富含蛋白質的毒液，透過利齒，滿滿的灌入了蟲子的體內，除了讓蟲子喪失抵抗力，避免死前掙扎將網子撕破外，更重要的，是能讓蟲子的內臟融化成液狀。

接下來，就很簡單了。

蜘蛛只要慢慢的，吸吮乾淨蟲子的內臟汁液，然後再一口一口的啃掉這隻蟲子，未來幾天，她就不用為飢餓憂愁了。

這就是她每日每夜不斷在做的事。

她很少思考自己為何終日只有飢餓，補網，等待食物，獵殺食物，她像所有的蜘蛛一般，很少思考。

但，偶爾，極度罕見的偶爾，蜘蛛會想到與飢餓無關的事。

就是，當那個人類小孩來到這裡的時候。

這個人類小孩是誰？幾歲？喜歡什麼？父母是誰？看過什麼？晚上做過什麼夢？蜘蛛都

不知道，她只知道，當那個又小又嫩的臉，靠近蜘蛛網的時候，蜘蛛會開始想，想起和飢餓無關的事。

事實上，當那小孩第一次發現蜘蛛網時，蜘蛛以為那小孩會以他那稚嫩的小手，插入蜘蛛網內，將蜘蛛辛苦結成的網子，像是玩具般搗爛。

但，事實卻非如此。

當時，小孩把臉湊得離蜘蛛網好近，黑白分明的眼睛，在蜘蛛的面前，就像是一大滴晨光下的露珠，閃爍著美麗的光芒。

「可愛，可，愛。」小孩年紀仍小，辭彙不多，於是他用了最近才從父母那學到，用來形容美麗事物的形容詞。

而蜘蛛聽著這兩個字，她開始了她生命中首次的，不是飢餓的思考。

為什麼，這小孩不搗爛我的網子？

為什麼，這小孩嘴巴一直發出「可，愛」，這種我聽不懂的聲音？

這聲音是什麼？和風聲、雨聲、雷聲、蟲子翅膀的嗡嗡聲，甚至是天敵鳥類振翅聲都不一樣，「可，愛」這兩個字有音節，有高低，像是一種特殊的韻律。

這到底是什麼？人類的孩子又是什麼？為什麼雖然巨大，雖然對蜘蛛而言很危險，但蜘蛛卻無法討厭他？

為什麼？

而這些思考，多半在人類小孩離開後，又會悄悄終止，蜘蛛又開始只思考飢餓，結網，等待，然後進食。

數日後，小孩又來了。

小孩依然沒有用手指戳爛蜘蛛網，如同上一次，他帶著無比純真的眼神，凝望蜘蛛與蜘蛛網，嘴裡依然說著，「可，愛。」

這樣的日子轉眼，就過了兩年。

這兩年間，小孩長則五天，短則一天數次，總是會來探望蜘蛛與她的蜘蛛網，小孩從不伸指頭戳爛網子，他總是凝望，然後露出可愛的笑容。

唯一改變的，是小孩的辭彙變多了，從原本牙牙學語的「可愛」，多了「美」，多了「妳是我的小祕密」，多了「我喜歡看妳」，更重要的是，他的口中，多了蜘蛛的名字。

「娜娜。」小孩睜著大眼睛，笑得甜。「我，幫妳，取名字，娜娜。」

娜娜……

那一天，蜘蛛首次思考到名字這件事。

也是那一天，蜘蛛掛在蜘蛛網上，帶著微笑與自己的名字，進入了甜甜的夢鄉。

蜘蛛這段時間，隨著小孩不斷的來訪，她的八足抓在網子上，開始思考著許多和飢餓無關的事。

為什麼這人類不傷害她？為什麼自己不害怕這人類小孩？什麼是人類？什麼是蜘蛛？到

底，什麼是生命？

然後有一天，蜘蛛開始發現，除了飢餓，還有許多事情可以思考。

而她在思考這件事，更在某一天，有了小小的插曲。

那一天，有個人走來，將她的網子弄破了。

那人走得沉緩，走得寧靜，乍看之下漫無目的地走著，事實上卻又給人一種為了天下蒼生而走的溫柔胸懷。

當他穿過樹林時，撥開了層層的樹葉，而當樹葉震動到了樹枝，而樹枝的震動，震到了蜘蛛所在的網子，網子於是落下了幾條線，破了。

網子一破，蜘蛛墜下，她嚇了一跳，八隻腳中的一隻，勾住了快破的網子。

而就在蜘蛛快要墜下的同時，那人似乎察覺了自己的過失，伸出了手指，剛好接住了蜘蛛。

蜘蛛抬頭，見到了這人的模樣，事實上，蜘蛛仍無法分辨人五官的美醜，每個肌肉表情牽動為表情後的含意，唯一能分辨的，是人的眼睛。

之前的小孩眼睛清澈而透明，宛如蜘蛛記憶中，那被晨曦照耀的美麗露水。

但這人呢？他的眼睛，乍看之下，像是黃昏，經過一整個白日的辛勞與滄桑後，即將轉入黑暗的沉靜。

但，隨即，蜘蛛又感到疑惑，因為她發現這眼睛的光彩又變了，此刻，像是黑夜，沒有一絲月光的黑夜，但這片黑夜中，卻包含了比任何時刻都深沉的寧靜，宛如母親般的寧靜。

而黑夜後，這雙眼睛的光彩又變了，變得熱烈而純淨，像是午後的驕陽，充滿了活力與希望。

忽然間，蜘蛛懂了，這人很特別，他是一種存在，一種凌駕於萬物的某種存在。

緊接著，那人做的事情，更讓蜘蛛驚訝了，他小心用一根食指，黏住那些斷掉的蜘蛛絲，然後一條一條的，將蜘蛛絲黏回本來的位置。

在黏之時，蜘蛛注意到，他的左手小指有一個小小的傷口，但傷口完全不影響他精細而專注的動作。

此人的手之精巧，動作之細膩，甚至超越於蜘蛛自己，轉眼間，竟將這個幾乎破碎的網子，給完全補好，而且被補好的蜘蛛絲，甚至反射出與其他蜘蛛絲完全不同的色彩。

紫色的，美麗而溫柔的淡紫色，在絲線上閃爍著。

蜘蛛抬起頭，訝異的看著這人，而這人也在與蜘蛛對望的瞬間，露出了罕見的笑容。

那眼睛，彎成了半個弧線，彷彿察覺到了什麼？

彷彿察覺到，蜘蛛也是一個與眾不同的存在，這是一隻會思考的蜘蛛。

而就在此刻，這人的身邊，又傳來另一個男人的聲音。

「聖佛，你嘛等我一下。」那男人抹了抹汗，「我萊恩只是一個服務生，又沒有你的速度快。咦？你在這裡幹嘛？修理蜘蛛網？」

聖佛?蜘蛛懂了，原來，與自己對望的這個人，叫做聖佛啊。

聖佛是個名字嗎?和娜娜一樣，都是一個名字嗎?

「你……這隻蜘蛛有什麼特別?啊。」那個叫做萊恩的男人眼睛睜大，「難道你的意思是，牠懂?」

聖佛看了一眼萊恩，放下蜘蛛，嘴角揚起一個笑容，這笑容，無聲的回答了男人的問題。

然後，聖佛再次邁開他赤裸的雙足，朝著樹林的另一側走去。

「那……」萊恩看了一眼蜘蛛，又繼續追上聖佛的背影，跑了幾步，萊恩才像是想起什麼似的，回頭對蜘蛛說，「妳能和聖佛對望，表示妳不是一隻普通的蜘蛛，請妳記住，未來經歷了什麼?也許會讓妳迷亂，但別忘記自我。」

蜘蛛只是看著萊恩，她聽不懂這男人嘴裡這一串話什麼意思，但她卻能清楚知道，這名為萊恩的男人，沒有惡意。

「有天，還會見面。」萊恩笑著朝蜘蛛揮了揮手，然後邁步追上聖佛背影。「妳和聖佛，一定還會見面的。」

時間，回到現在，地點則橫跨了數萬公里，在一個大城市中的某棟大廈一樓的咖啡館內。

萊恩，正和一個金髮碧眼的女孩，喝著咖啡，聊著天。

「真是有趣的蜘蛛。」金髮碧眼的女孩露出興趣盎然的神情。「那她後來有遇到聖佛嗎？」

「有。」萊恩說。

「就是最近這一次嗎？」

「不，在最近這一次以前，還曾經碰過一次。」萊恩喝了咖啡，露出淺淺笑容。「而那一次，正是蜘蛛做出關鍵抉擇的時刻。」

時空，回到了數百年前，蜘蛛織網的那個時代。

就在聖佛與萊恩離開後的半年，一個考驗著蜘蛛與小孩的大災難，悄悄降臨了。

那個大災難，叫做乾旱。

一開始，只是下雨的次數變少，從原本三四天下一次雨，變成了十天下一次雨，後來是二十天，最後時間更不斷拉長，三十天，四十天……轉眼，半年過去了，天空竟然一滴雨都沒有下來。

雨少了，地面湖泊的水位也開始急速下降，當水位完全乾涸，湖底更發現了許多已經渴死的魚。

所有的生物，都意識到這災難的可怕，有的脫逃，有的無法脫逃，則成為這自然現象的犧牲者。

而犧牲者中，甚至還包含了向來以萬物之靈自稱的，人類。

沒有雨，沒有水，農作物無法生長，野獸無法生存，人類賴以為生的兩大食物來源都變得匱乏，最後，必須付出生命代價的，就是人類自己了。

而人類當中，首當其衝的兩種人，一是老人，二就是小孩了。

就在大旱來臨超過半年後，蜘蛛感覺到周圍原本潤綠的樹葉紛紛枯黃，網子變得難織了，蟲也少了，就算偶爾捕獲了蟲，也乾瘦到難以下嚥，但這些對蜘蛛而言，都只是小事，真正令她擔心的，卻是那個將她取名為「娜娜」的小孩。

他依然會來，但他的臉，卻越來越消瘦，尤其是那雙如晨曦般的眼睛，也越來越黯淡，宛如一整片深沉黑暗的烏雲，蓋住了晨光。

蜘蛛不懂人類，不懂人類的話語，但她懂兩件事。

一是飢餓，因為那是她蜘蛛與生俱來的本能。

二是死亡，因為她太常吞噬小蟲為食，她能感受到死亡的氣息。

在蜘蛛眼中，這個小孩的現狀就是這兩件事的集合體，飢餓與死亡。

怎麼辦呢？蜘蛛感到憂心。

小孩每次來，都不斷的虛弱下去，因為旱災造成了村莊食物不夠，而僅存的糧食通常都歸屬於強者，也就是成人，於是小孩越吃越少，身體越來越瘦，死亡的氣息，就像禿鷹般，盤桓不去。

終於，那一天到了。

小孩來到蜘蛛的網子下，呆呆的看著蜘蛛網，此時，小孩的臉頰枯乾到已經沒有半點肉，整張臉，就剩下一雙烏黑的雙眼。

他看著蜘蛛，許久許久，像是在發呆，又像是在沉思。

忽然，他開口了，露出了掉到剩下一半的牙。

「娜娜，我在想，妳都有聽我說話？對嗎？」小孩笑。「那我和妳說，我，要死了。」

蜘蛛動也不動，聽著小孩的話語。

「快要餓死了。」小孩看著蜘蛛，表情好哀傷。「沒有食物了，但是，我在想，如果要死，也要死在這裡，因為這裡，有我最好的朋友……」

蜘蛛聽著小孩的話，她覺得，此刻的小孩，就像是被注入毒液的昆蟲，身體的顫動已經開始減慢……死亡，就要來臨了！

「我其實沒有什麼朋友，所以，娜娜，妳是我最好的朋友。」小孩說話越來越小聲，力氣也越來越弱，彷彿在下一個瞬間，就會突然斷線與停格。「只有妳，會聽完我唱整首曲子，只有……」

蜘蛛看著小孩，這人類快死了吧？

蟲子快死了，也是這副模樣，但，為什麼……感覺不太一樣？

蟲子快死的時候，蜘蛛只感覺到冷靜與飢餓，但這小孩要死了，她卻感覺到……悲傷？

悲傷？這是什麼情感？

「我，其實，好希望，可以……」小孩的氣越來越弱，越來越弱……轉眼間，就要斷了。

悲傷？蜘蛛忽然想起了聖佛，自己，真的是一隻不同的蜘蛛嗎？因為自己能感受悲傷嗎？

「……」而就在此刻，小孩的聲音停了。

蜘蛛看著小孩，遲疑著。

「……」小孩頭垂著，雖然還有非常細微的呼吸，但，過度的飢餓已經讓他失去最基本支撐生命的能量，他要死了。

就要死了。

而同時間，蜘蛛看著小孩，她懂，小孩要死了。

這個沒有把自己的網子戳爛，反而把蜘蛛當成朋友的小孩，要餓死了。

蜘蛛問自己，她，可以做什麼？

她，還可以替這小孩做什麼？

然後，就在這一瞬間，蜘蛛慢慢的，移動了自己的八足。

她，開始往下，爬過了自己的網子，爬到了支撐網子的樹葉，然後又繼續往下，從樹葉爬上了樹枝，再從樹枝往下。

她，不斷的往下。

一股她也不知道的情緒，讓她一直往下，爬到了樹的主幹，沿著凹凹凸凸的主幹往下。

越往下，越靠近倚著樹幹而垂死昏迷的小孩。

終於，蜘蛛到了小孩的身邊，她輕輕一躍，跳上了小孩的頭髮，然後順著頭髮往下溜，溜到了額頭，鼻子，最後，她停在小孩已經乾瘪的嘴唇邊。

想了一下。

蜘蛛，想了一下。

這一瞬間，她想到了什麼？她想到了聖佛。

她想到了，為什麼聖佛的眼睛，會像黑夜一樣寧靜，那是因為決心。為什麼會像太陽一樣炙熱，那是因為愛。

她懂了，為什麼一個人的眼睛會這麼美？

然後，蜘蛛邁開了八足，她朝著小孩的嘴巴，鑽了進去。

嘴巴內，是一片黑暗，蜘蛛也知道小孩早已失去了吞嚥的能力，所以她自己往下爬，爬過了咽喉，滑入了食道，蜘蛛繼續往下，她的目標是小孩的胃袋。

她懂死亡，她懂飢餓，所以她懂，如果小孩的胃，消化了一點點食物，減少了飢餓，死亡就會遠離。

而蜘蛛知道，她，可以是那個讓小孩遠離死亡與飢餓的食物。

只要，她安安靜靜的，在小孩的胃裡躺一下，躺一下就好，小孩就可能得救。

而當她終於到了胃袋，全身被黏液沾滿，安靜等待死亡時，蜘蛛開口了。

「娜娜。」蜘蛛聽到自己彷彿發出了人類的聲音。「我喜歡，我喜歡娜娜這個名字。」

時空，回到現實，地點，又是紐約曼哈頓。

「後來，那隻蜘蛛死了嗎？」金髮女孩睜大了眼，停止了喝咖啡，看著萊恩。

「沒有。」萊恩笑了，「當然沒有，如果死了，怎麼會和妳吸血鬼阿姨在一起。」

「那，那究竟發生了什麼事？」

「什麼事啊。」萊恩攪拌著咖啡，露出淡淡的笑容。「其實，就是某人回來了。」

「嗯？」金髮女孩沉吟了數秒，眼睛一亮，「難道是……聖佛？」

「嗯，聰明的孩子。」萊恩露出了溫柔的笑容。「沒錯，正是聖佛，聖佛回來了。」

時間，退回數百年前的大地與村莊。

蜘蛛躺在小孩的胃袋中，讓周圍帶著強烈腐蝕性的胃液，宛如潮水一陣一陣侵蝕著自己的身體。

她想要成為小孩的食物，她知道，只要自己成為了小孩的養分，這小孩就可能逃過飢餓的死劫。

於是，蜘蛛不動。

任憑胃液將她淹沒，她會死，沒關係。

她會變成食物，沒關係。

沒關係……

終於，她失去了意識，在這片充滿了強烈腐蝕性的胃液之湖中。

…………

當她醒過來，她訝異的發現，她沒有死。

一，二，三，四，五，六，七，八，八隻腳，一隻都沒少？

蜘蛛起身，另一件更令她訝異的事情發生了。

她並沒有在胃袋中被酸液腐蝕殆盡，反而躺在一個人的手掌上，手掌又粗又老，老到每條手紋，都像是被數百年的歲月侵蝕過，深到宛如山谷。

手掌上，還有蜘蛛記得的，那左手小拇指的傷口。

蜘蛛抬起頭，她看見了手掌的主人，那是一雙熟悉的眼睛，凌駕萬物存在的眼睛。

那眼睛正凝視著她。

沒有說話，卻已將千言萬語，透過眼神，告訴了蜘蛛。

「人之所以不同於野獸萬物，就是因為能克服飢餓而思考，」那雙眼睛無聲的說著，「當年的妳，已經有此覺悟，令我訝異，但妳可知道，『佛』之所以不同於人，又是為何？」

蜘蛛看著聖佛，等待著聖佛的回答。

「犧牲。」聖佛的眼睛這樣告訴著蜘蛛。「當妳放下飢餓，放下生命，自願爬入小孩的嘴中，妳已不是人，妳已窺見了佛的境界。」

蜘蛛似懂非懂，看著聖佛。

「但是未來，妳的路仍很長，妳會學會人類的語言，人類的思考，妳會擁有妖力，妳甚至會擁有自己的洞穴和部下，妳會迷惘，妳會發現人類的脆弱，甚至阻擋一個叫做玄奘的人取經，但請不要在意，這些都是妳的修行。」聖佛的眼睛，彎成半月形，慈祥的微笑著。「然後，終有一天，妳會再一次遇到我。」

再一次遇到您？蜘蛛歪著頭。

「到時候，請將入魔的我帶回。」聖佛的眼睛這樣說著。

入魔？蜘蛛無法理解，像聖佛這樣神聖之佛，怎麼會與魔字扯上關係？

「接下來，」聖佛將手抬高，蜘蛛也隨之被托高，聖佛雙眼這樣訴說著。「請飛吧，去體驗吧，去修行吧。」

這一剎那，蜘蛛感到臀部一輕，背後的一條絲線揚起，她的身體，也順著風，飛了起來。

蜘蛛回頭，見到了那條迎風飛行的絲線，紫色，美麗的紫色，宛如當年聖佛修補的網子般，美麗而溫柔。

然後，蜘蛛越飛越高。

就在她飛到雲端之前，她忽然微笑了起來。

因為她看見了一朵雲，那是很深很黑很重，一看就知道是一朵負載很多雨水的大雲，正隨著聖佛的足跡，緩緩往前移動著。

烏雲的目的地，蜘蛛知道，那是村莊。

小孩生長的村莊。

蜘蛛笑了，她在高空中，放聲大笑，用她蜘蛛的笑聲，開心的笑著。

「你把雨水找來了嗎？」蜘蛛大笑，「聖佛謝謝，謝謝你，謝謝！」

蜘蛛笑，因為雨來了，那小孩一定也會得救了！

轉眼間，蜘蛛飛過了千里萬里，更飛過了百年千年，飛過了玄奘，然後，終於到了她將實現諾言的地方。

這裡，是聖佛入魔之處，也是五百年前的約定之處。

「這就是你講的第一個故事？」金髮女孩聽完，表情陶醉。「蜘蛛的故事，這就是和我媽相關的……第一個阿姨的故事嗎？」

「沒錯。」萊恩笑，「喜歡嗎？」

「喜歡。」金髮女孩笑得開心，「好喜歡，蜘蛛有報恩嗎？」

「嗯，快了。」萊恩目光飄向遠方，「一定能報恩的，我相信。」

「第一個故事是蜘蛛，那第二個阿姨的故事呢？」

「第二個阿姨，事實上，是一隻狐狸喔。」

「哈哈，過了蜘蛛，現在是狐狸嗎？」

「沒錯。」

「嗯嗯，快說吧，萊恩叔叔，我好期待這十八歲的禮物呢。」

「這隻狐狸，可不是一般普通的狐狸。」萊恩把臉湊近了金髮女孩，同時眼睛瞇起，「妳猜猜看，這隻狐狸有幾隻尾巴？」

「咦？狐狸不是都一條尾巴嗎？」

「可不是啊。」萊恩露出神祕的笑，「這隻狐狸，總共有九條尾巴。」

「咦？九條？」

「沒錯，而且這狐狸的來歷，可比當時西遊記的蜘蛛精厲害多了。」萊恩說，「她有好幾個名字，其中一個名字，甚至毀了中國一個朝代呢。」

「哇，好酷！」

「接下來，就是這隻九尾狐狸，與聖佛的故事喔。」

接下來，就是九尾狐狸，與聖佛的故事喔。

尾聲

這裡是萊恩餐廳。

今天，坐在餐廳椅子上的，是一個令人意外，同時也是第一次來到這張桌子的人。她，有著一頭美麗的黑髮，眼睛靈活，笑容嬌媚且慵懶，尤其是她當輕輕的舔了自己下唇時，那簡直就是火山爆發等級的誘惑力。

整個地獄中，還有哪個女孩有這樣的魅力？

不用說，她就是無聲黑暗中的幽藍眼珠，貓女。

「歡迎。」萊恩把一盤剛烤好，還冒著騰騰蒸氣的鮮魚，端到了在貓女的面前。「稀客。」

「哼。」貓女環顧這餐廳的周圍，發出柔媚的低哼。「雖然早就聽過這裡，但還是第一次來呢。」

「妳聽過這裡？」

「當然，地獄遊戲中盛傳，這裡是『不負責任說謊餐廳』，」貓女露出甜笑。「因為所有的預告都可能是假的。」

「等一下，等一下，還是有一些是真的好嗎？」萊恩伸手拍了拍額頭，一副要昏倒的模樣。「像是妳這次要說的，就是真的！」

「真的嗎？」貓女斜眼看著萊恩，眼神中只有一個訊息，你在放屁吧？

「讀讀看，妳就會知道是真是假的了。」萊恩把紙條遞給了貓女。「難不成，威震地獄殺人界的美女，會怕唸一張紙條？」

「哼，唸就唸。」貓女哼的一聲，接過紙條，那漂亮的眉毛挑動了一下，「**琴的身分祕密，柏的死亡領悟**，這是什麼？」

「咦？琴的身分祕密？柏的死亡領悟？」萊恩一呆，急忙伸手搶下貓女手上的紙條，隨即尷尬的笑了。「拿，拿錯了，這是陰界黑幫……」

「認真一點好嗎？」

「對不起啦，都怪Div亂開系列，一個系列還沒結束又寫另外一個，當作者不能專心一點嗎？連我都搞不清楚預告了，真抱歉哩。」萊恩尷尬的笑了兩聲，從口袋一陣亂掏，又掏出了一張紙條，遞給了貓女。

「希望這次是對的。」貓女優雅的打開紙條，接著，她的眉毛又挑動了一下。「**此去大凶！回來了，從地獄回來的人，究竟是小晴還是薇薇？『陰咒故事』即將解開這懸宕五年之謎。**」

「等，等，等一下！」萊恩又搶下了紙條，抓著頭髮，「靠！對不起，不，不能罵髒話，又拿錯了，Div除了開兩個系列外，又愛寫單篇故事，寫單篇故事還不打緊，偏偏又留下伏筆，臭Div！臭Div！」

「萊恩先生，你可以認真點嗎？」貓女看著萊恩，嘴角揚起。「篇幅快被你用完了。」

「沒，沒問題。」向來掌管下集預告的萊恩，在貓女面前露出罕見的慌亂，掏出了第三張紙條，拿給了貓女。

「這次真的沒錯了，保證？」

「保證。」

「好，我唸了……」貓女看著紙條，這次她的眉毛沒有挑動，而是，整個往上抬了起來。

「**親愛的，等會下班，幫我買半株高麗菜、鮮奶一瓶、尿布、馬鈴薯、醬油，還有奶粉……**」

「啊啊啊啊啊啊！」萊恩伸出手，搶下了貓女的紙條，他已經完全崩潰了。「這不是預告，這是Div老婆要他買菜的菜單！天啊，Div，你腦袋到底在裝什麼？你可以認真想故事預告嗎？不要亂搞了啊。」

「算了。」貓女依然雍容而美麗，她從自己的口袋中，拿出了一張紙。「我自己有準備。」

「咦？」

「**黑蕊花，開了。**」貓女用低沉輕柔的語調，說了這五個字。

「嗯。」

「這就是下集預告。」貓女微笑，將紙條寫字那面轉向了萊恩。「還有第二句……」

「嗯？」「那就是，」貓女微微一笑，笑容中帶些許的得意與自信。「**貓女，回來了。**」

貓女，回來了？

散落成道具之後，就確定死亡，是地獄遊戲的鐵則，貓女，又如何回來？

下一集，究竟會發生什麼事？

請期待，地獄，十三。

The End

奇幻次元 29

地獄系列 第十二部 地獄滅佛

國家圖書館出版品預行編目資料

地獄系列 第十二部 ，地獄滅佛 ／ Div 著.
— 初版. — 臺北市：春天出版國際，2014.07
面； 公分. —（奇幻次元；29）
ISBN 978-986-5706-25-8（平裝）

857.7 103012441

ISBN 978-986-5706-25-8
Printed in Taiwan

作者	Div
封面繪圖	Blaze
美術設計	三石設計
總編輯	莊宜勳
編輯	黃郁潔
出版者	春天出版國際文化有限公司
地址	台北市信義路四段458號3樓
電話	02-7718-0898
傳真	02-7718-2388
E-mail	frank.spring@msa.hinet.net
網址	http://www.bookspring.com.tw
部落格	http://blog.pixnet.net/bookspring
郵政帳號	19705538
戶名	春天出版國際文化有限公司
法律顧問	蕭顯忠律師事務所
出版日期	二〇一四年七月初版一刷
定價	230元
總經銷	楨德圖書事業有限公司
地址	新北市新店區寶興路45巷6弄6號5樓
電話	02-8919-3186
傳真	02-8914-5524